百年建築 今昔物語

國立臺灣文學館的空間記憶與生命紀事

國立臺灣文學館 ———— 策劃
張文薰・陳令洋・曾彥晏・翟翱・張浥雯 ———— 著
凌宗魁 ———— 審訂

館長序

一份珍貴的文化備忘錄

陳瑩芳
國立臺灣文學館館長

建築，既是物理性的空間，也是時間的載體，裝盛光陰的故事，映照人們在其中往來逡巡的情感記憶。《百年建築．今昔物語——國立臺灣文學館的空間記憶與生命紀事》便是這樣一部充滿深意的文集，是對臺灣文學館館舍歷史與文化的深刻反思，也是對古蹟建築的全新探索。

臺文館的前身，是由日本建築師森山松之助所規劃設計的臺南州廳，座落在府城新舊市區開發的中心點，見證了新文學的萌芽與舊文學的衰退。從日治時期到戰後，由於戰爭、政治等因素，經歷增建、改築、修復，從二十世紀初期的政治中心華麗轉身為二十一世紀的文學殿堂，成為一個新舊融合的空間，銘刻政權更迭與城市興衰的軌跡。

為了讓更多人了解「從州廳到臺文館」的故事，本館自二〇二三年開始規劃，邀集臺灣文學界多位好手執筆，並遍訪建築、歷史、文化各領域專業人士，訴說他們所知道的臺文館之前世今生。全書以「奠基」、「轉場」、「激盪」、「新生」四個篇章，生動勾勒這座建築百年來的變遷樣態；十六篇虛實交錯的轉譯故事，配合豐富的影像資料，細緻描繪曾在此流轉的人事滄桑。在作者的引導下，我們彷彿得以隨著文字的腳步，在長廊下、轉角處，親歷過往時光的召喚。

本書不僅是臺文館建築的歷史回顧，也是一份珍貴的文化備忘錄，期待能激發讀者的思考與靈感，讓大家更深刻地感受文學與建築之間的緊密連結；也希望能藉此拉近臺文館和民眾之間的距離，讓更多人關注、欣賞並參與臺灣文學的旅程，與我們共同探索它的空間記憶與生命紀事。

目次

貳 轉場——空軍供應司令部時期 1949—1969 陳令洋

終章

百年建築
今昔物語

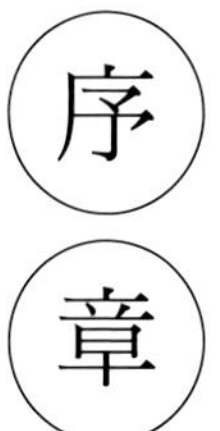

序章

張文薰

「我生長在歐戰的那年……。」

自我介紹，都要從出生年月日說起。當時是日本時代，臺灣島外正開打後來被稱為「第一次世界大戰」的戰事。這場影響列強勢力變動的世界級戰爭，戰火並沒有波及歐洲以外的東亞，所以從我出生那時，日本人都叫作歐戰。

日本人從遠在歐洲的戰爭中獲得不少好處，像是鉅額的金錢利益，本來被不平等條約所捆縛的遠東小島，一下子躋身世界強國，也成為發戰爭財的暴發戶。我，和我那些矗立在臺灣大都市的夥伴，所用掉的建築工費一大部分應該都來自日俄、歐戰的戰爭財。弱小的新興島國打敗數百年歷史的舊帝國俄羅斯、德意志，這故事根本是勵志的成長物語。難怪總督府在每個都市的路口，都要來一座偉人銅像、高樓巨塔，好召喚民心沸騰，人人生出航向遠洋、征服世界的大志。

✧ ✧ ✧

我的樣子，就是世界的樣子。正面迎著馬車與戰車奔馳的柏林、巴黎那種大陸都會才有的圓環。但這裡是府城，沿著圓環繞駛的只有人力車，希望車夫跟乘客在南國烈陽當頭曝曬下，還有餘裕仰望那座兒玉源太郎石像。

紅磚清水磚外牆與灰白混凝土、拱廊拱窗、馬薩式屋頂……建築學家說這叫「西洋歷史式樣建築」。拿西洋人的戰爭財建造西洋式的建築，來誇飾遠東小國也有治理疆土的能力；我的外部偏歐陸古典系統，內部建築偏向英國磚造系統——這種拼接混搭、雙重享受的美學設計，也一樣是遲到帝國急速追趕西洋文明體制的結果。怕沒有時間，太急了，趕著一步到位與英法荷義並駕齊驅，凡是樣式、制度都可以部分混搭或內外全包，反正出狀況再改就好。當時世界還很新，很多東西都還沒有固定的名字，還好從臺南車站來到的人們，可以朝海洋方向用手指出我。

我的名字，先是從「臺南廳舍」變「臺南州廳」加「臺南市役所」。體積從原本的門廳加短短的左右兩翼，陸續增建延伸，從歐戰那時到第二次世界大戰結束，已經擴大成一個包含神社、警察署、放送局的街區。我的背後還有孔廟——這樣說有點對不起孔子，因為當時的說法，其實是我在孔廟背後才對。畢竟孔廟、書院、府學、臺澎道署連到運河，面向海洋的那一側才是往昔府城的重心。但海口會淤積，婆娑之洋變內海再變陸地，府城變為臺南市，火車站取代港口。我彷彿是城市空間翻轉的軸心，一個轉身就把前朝臺灣府的孔廟、官衙都甩到背後，世界從我眼前圓環公園輻射的大道通往車站、通往島都臺北，一路開闊成現代。

✧ ✧ ✧

如果你覺得我的外觀有點眼熟，那可能是因為看慣了監察院、舊臺中市政府或是總統府的樣子。沒錯，我們都出自同一位建築師的手筆——森山松之助。其實嚴格來說總統府不是他設計的，但由他大幅改圖監造，所以也算是「西洋歷史式樣建築」，有著高聳、威嚴、穩重的外觀，在周圍的低矮木造建築之中，我們的兩層樓高只要一瞥就讓人心生敬畏。

從前，監察院是臺北州廳、舊臺中市政府是臺中州廳、總統府當然是臺灣總督府，我們都是辦公場所，民眾進到門廳就得止步。只有官員、公職人員才能往深處走，走進一個一個以磚牆隔間的辦公室。南部太陽有多大，磚牆之間的高溫就有多惱人，而且為求「能率增進」，臺南州廳的職員禁止在辦公時間脫下外衣──可能是類似現在「行動內閣」的概念吧，外出洽公可以說走就走。就像後來進駐的一位臺南市長設立「馬上辦中心」，我彷彿也是城市時區的分際線，門外是悠長的府城光陰，門內是急躁的市政效率，人們總是匆忙來去，不曾駐足。

✧ ✧ ✧

另外還有一個地方上傳說也是森山家族一員的鹿港民俗文物館。那原本是鹿港望族辜家的宅邸，私宅的規模跟氣勢都難免凝縮一些，但精緻程度並不輸給我們這些官廳，處處揮灑出臺灣豪門的尊貴格局，敞亮的迴廊環繞中庭，流瀉其間的空氣寧謐馨香。雖然還未能證實這座民宅與我的血脈，但其實我跟鹿港還真有些淵源。一府二鹿三艋舺，我們都位於容易淤塞的通商港口，還有……你發現了嗎？開頭那句「我生長在歐戰的那年……」，用了文學的典故呢。

如今身為臺灣文學館，讓我掉一下文學的書袋。這是襲用李昂《迷園》的名句，女主角生於一九四三，來自鹿港的豪門朱家，是當地風雅精緻的「菡園」繼承人，國小時不小心在作文本寫下「我生長在甲午戰爭的末年……」這種穿越時空的錯誤身世，飽受取笑後哭著回家找爸爸訴苦。但後來卻發現，其實菡園、朱家三代——臺灣人與建築的際遇，似乎都在日本領臺之後被改動原始設定，變出另一副模樣，因此「生長在甲午戰爭的末年」好像也不只是小學生的時間錯亂。

而我的身世也符合類比的條件——一九一三年上梁、一九一六年落成——但只有門廳跟兩翼的先頭部分，而且那時我其實是「臺南廳舍」。一九一八年起陸續增建，一九二〇年廢廳置州，我才正式成為「臺南州廳」。如此一來，現在這個通稱從「臺南州廳」演變而來的我，到底是什麼時候出生的呢？從起造那時算起？還是從命名那時算起？算來算去，也只有用洋溢不確定性的「歐戰那年」來指涉，期待引發讀者在情節中迷失，進而走上追尋之旅。

✧ ✧ ✧

因為我是文學館了，應當說起文學的語言。但那是什麼？除了像用典、互文這種在傳統上堆積鋪排的手段，小說跟公文不都是用文字寫成的嗎？那為什麼州廳、空軍供應司令部、臺南市政府時期，在我內部傳遞的那些追求效率的公文不是文學呢？更別說「臺灣有文學嗎？」這種惡意「堵麥」了。

如果我出現在文學裡頭，是不是比較容易有答案？聽說《迷園》的空間描寫，一部分參考了辜宅來設計。雖然現實中，鹿港沒有菡園，鹿港豪門不姓朱，辜家的事業也不是由獨生女兒挑起；小說是虛構的，但從海上發跡、殖民時期留日同時心嚮中華、光復後遭遇政治迫害而蕭條沒落的菡園主人身世，卻比現實更迫近真實。文學用想像力吹皺歷史的時間軸，打亂政權對精神的治理，著重個人的情意慾望與集體記憶、國族認同之間的纏繞——文學家用虛構的雕欄鋼骨，寫出從鹿港出發，流離在紐約、臺北的戰前戰後臺灣人的今昔物語；人對建築的營造、對生命居所的選擇，象徵著關於自我與世界的想像。

我也是一樣的啊——殖民者在我身上寄託了關於遠東小島與現代文明的想像，卻找不著文學寫到我。是因為戰亂嗎？我生於歐戰，被第二次世界大戰的美軍空襲炸壞了外觀。好長一段時間，我變成人民更難企及的空軍供應司令部，頭頂的也不再是辨識度高的馬薩式屋頂。即使再變回相當於「臺南州廳」的臺南市政府，我那被抹上瓷漆、油漆的清水牆面，遮斷了城市的呼吸，也攔阻我進入人們的生命與記憶。

真正令人著迷的，不是生於幾年死於何地、誰勝誰敗的資訊，而是出師未捷、雖死猶生的情思與意念。是文學把無可如何的缺憾還諸天地，只有文學能讓一塊紅豆餅喚起似水年華。建築乘載著夢想，文學卻在撿拾夢的碎片；文學與效率幾乎是兩極端，官廳時代追求效率的我，必須經過種種的轉手、毀棄與擱置，在歷經刮除油漆色澤、消磨稜角後，才能展露迫近真實的光彩。於是我，不需再計較自己是否被寫成風景。我是文學這個迷園的守護者，若你願意花費時間穿越圓環、抵達往內層增建的展廳，或許可以試著告訴我，關於臺灣文學的答案。

1916 — 1945

百年建築
今昔物語

第壹章

奠基——臺南（州）廳時期

陳令洋

臺南廳廳舍要蓋在哪？

——廳長松木茂俊與廳舍選址

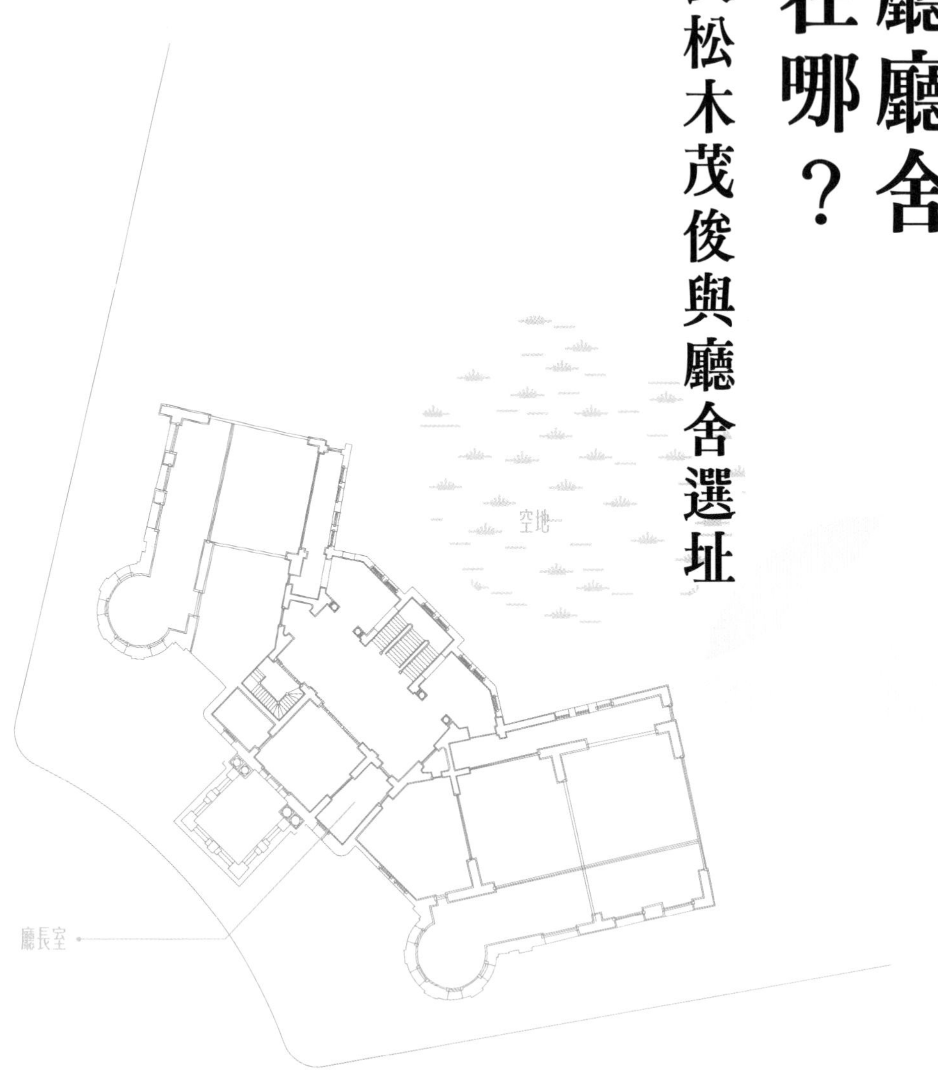

一九〇九年十月，這時汽車還未引進臺灣，新到任的臺南廳長松木茂俊應當是搭乘人力車上班，車夫的腳程會決定他眼中的風景。他十分珍惜可以親眼認識這座城市的機會。

松木雖然是臺南廳的最高行政首長，但他對於臺南的一切十分陌生。來臺灣之前，他原是大阪府的事務官，轉任臺南廳長或許只是出於公務生涯考量。遠渡重洋來到酷熱潮濕的殖民地雖然需要適應很多事情，但這是他難得可以擔任地方首長的機會，不好好把握不行。

松木茂俊的官舍在府城東側，上班的聯絡道是一條由東向西的筆直大馬路。他首先會穿過鐵路平交道，然後路過府東巷街的步兵第二聯隊。這裡在清國統治時期是「臺南府」的所在地，曾經是南臺灣的地方行政中心，相較於府城其他區域，沒有雜亂無章的感覺，因此松木很喜歡路過這個地方。

接著，這條路會穿過一座圓環，圓環中央有一座前總督兒玉源太郎的壽像。周邊十分空曠，房子不多，有幾株剛移植過來的路樹，最醒目的建築是測候所，據說那是日本政府在臺灣設立的第一批氣象觀測建築，這也意味著，它是臺南府城地理上的最高點。

再往下走，他會經過打石街、郵便局、臺南新聞社，然後左轉進入西轅門街。松木到了這裡就準備下車。

然後他會穿過東西轅門，進到一座坐東朝西、面向安平的老舊合院建築，這裡就是他上班的臺南廳。這座建築是清國「臺灣道」所留下來的道署，曾經是全臺灣的最高行政機構。一八八七年臺灣設省後，它的重要地位被巡撫衙門所取代，但「道」這個行政層級並沒有消失，建築因而被留到了日治時期，作為地方政府的辦公廳舍使用。

在日治初期，各地官廳沿用清國官署是很常見的現象，就算是位在臺北的臺灣總督府，到此時也仍在使用清國留下的布政使司衙門。這些木造的官廳建築有很多缺點，例如容易被白蟻蛀蝕、容易因潮濕損壞，幾年前總督府甚至遭遇過大火，修繕需求不斷。終於在兩年前，總督府決定要新建自己的辦公廳舍，透過公開評圖遴選設計。不久前評選才告一段落，設計圖尚須修改再修改，恐怕還要幾年後才會開工。

此刻，初來殖民地的松木可能會覺得眼前這座臺南廳建築看起來不大氣派，不過在臺北看過了總督府之後，他心裡應該也清楚，要建新的官廳恐怕還要再等上好一陣子。

松木茂俊的難題

就任之前，或許松木茂俊曾經拜訪過前任廳長津田毅一，進行過一些業務上的交流。那麼，他肯定會對於自己的能力感到十分忐忑。津田與他不同，人家十年前就到總督府當檢察官了，任職臺南之前還有擔任過桃園廳長的經驗，說起殖民地的地方治理可以侃侃而談。

反觀松木，對於殖民地的一切都還只是耳聞，更棘手的是，臺灣的地方行政區劃在他到職的這一年做過大規模的調整，全臺灣從二十個廳整併縮減為十二個，而臺南廳是與臺北、臺中並列的一等廳。從今年開始，松木要治理的範圍硬生生大了津田許多，北邊的北門嶼、蕭壟、蔴荳、六甲原本屬於鹽水港廳，南邊的楠梓、打狗、鳳山原本屬於鳳山廳，現在全部都劃入臺南廳的治理範圍。

一個對臺南陌生的外地官僚，要治理一個幅員擴大、需要重新整合的行政區，壓力可想而知。但他萬萬沒想到，行政區重劃之後，最先浮現的問題竟然就出在自己的辦公廳舍。

事實上，臺南廳廳舍雖然說是沿用臺灣道署，但前一年增建過兩棟事務室。即便如此，臺南的行政區擴大之後，廳員人數暴增，原來就不是頂大的空間，如今座位安排上變得更加擁擠。除此之外，木造建築腐壞的問題在這段期間大量浮現。松木到職之後發現，就在兩個月前，臺南廳廳舍的會議室和倉庫竟然因為朽壞嚴重，在一場大雨中轟然倒下。更恐怖的是，沒有倒掉的建物還有大半處於瀕危狀態。如果現在辦公室就已經不夠用了，兩三年之後要怎麼辦呢？

隔年二月，松木茂俊在花了一點時間研究準備之後，送了急件公文給總督佐久間左馬太，說明選址新建臺南廳廳舍勢在必行。他語帶抱怨地寫道，作為一個相對繁忙的地方政府機關，辦公廳舍這種樣子實在太沒威嚴了吧。松木提出了他主張的方案，希望可以徵用府東巷街的步兵營，蓋一座新的臺南廳建築。

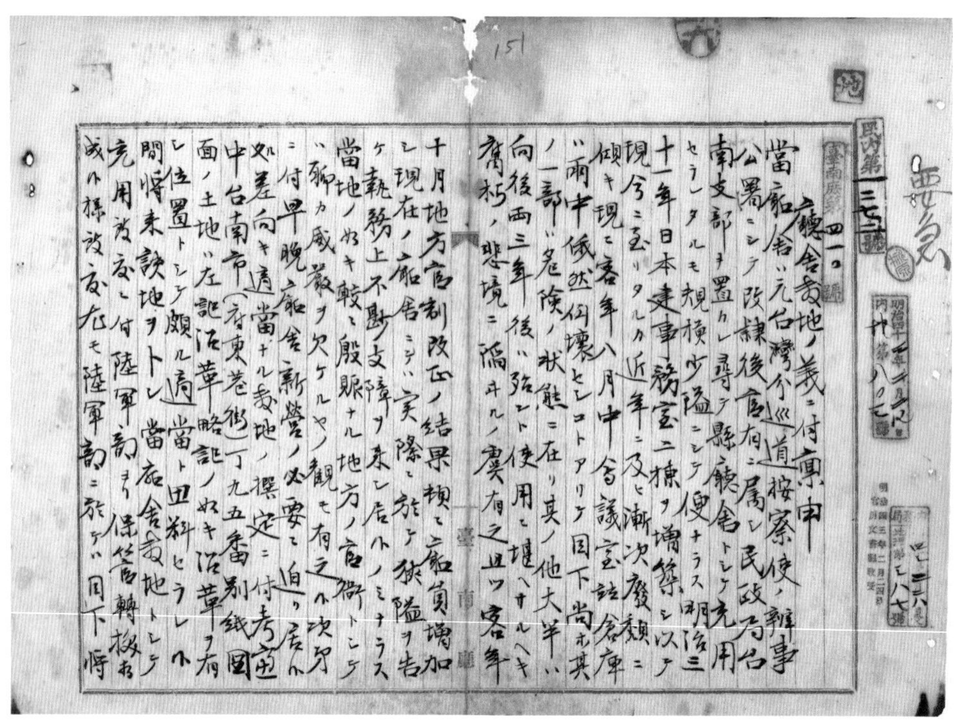

廳舍敷地ノ義ニ付稟申
當廳舍ハ元台灣分巡道按察使ノ辦事
公署ニシテ改隷後官有ニ屬シ民政局台
南支部ヲ置カレ尋テ縣廳舍トシテ充用
セラレタルモ規模狹隘ニシテ便ナラス明治三
十一年日本建事務室二棟ヲ増築シ以テ
現今ニ至リタルカ近年ニ及ヒ漸次廢頽ニ
傾キ現ニ客年八月中會議室詰倉庫
ハ雨中俄然倒壊セシコトアリテ因下尚ホ其
ノ一部ハ危險ノ狀態ニ在リ其ノ他大半ハ
向後両三年後ハ殆ント使用ニ堪ヘサルヘキ
腐朽ノ悲境ニ陥ルノ虞有之且ツ客年
十月地方官制改正ノ結果頓ニ廳員増加
シ現在ノ廳舍ニテハ實際ニ於テ狹隘ヲ告
ケ執務上不尠支障ヲ來シ居ルノミナラス
當地ノ如キ較ヽ殷賑ナル地方ノ官衙トシテ
ハ聊カ威嚴ヲ欠ケルヤノ觀モ有之候次第
ニ付早晩廳舍新營ノ必要ニ迫リ居ル
如キ差向キ適當ナル敷地ノ撰定ニ付考査
中台南市（舊東巷街）丁九五番別紙圖
面ノ土地ハ左記沿革略記ノ如キ沿革ヲ有
シ位置トシテ頗ル適當ト思料セラレ候
間將來該地ヲトシ當廳舍敷地トシテ
充用致度ニ付陸軍部ヨリ保管轉換方
成ル様致度尤モ陸軍部ニ於テハ目下將

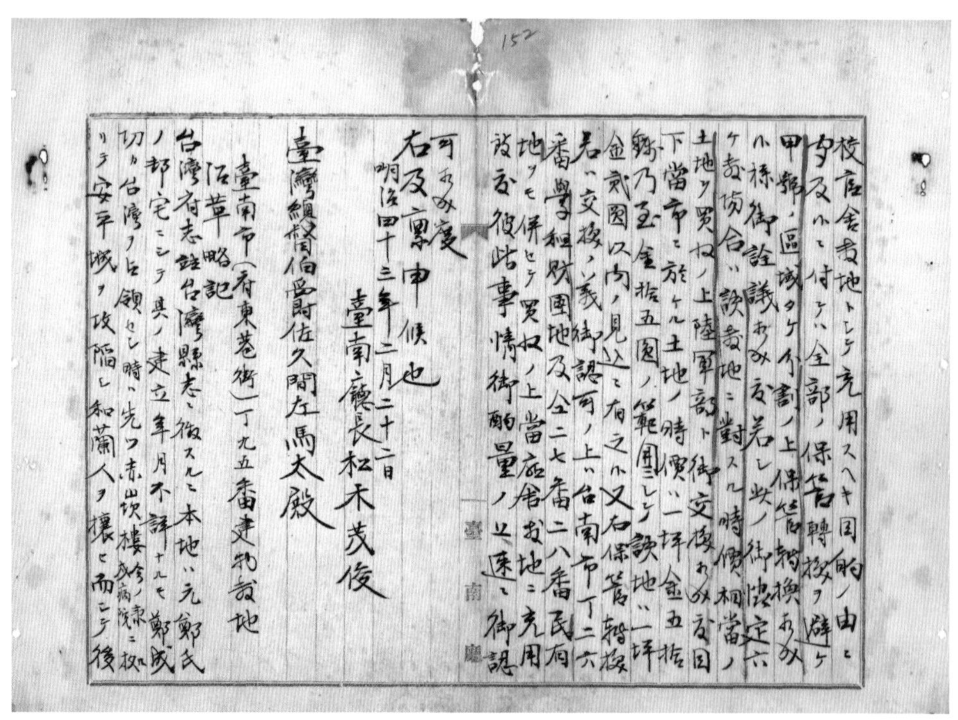

校廳舍敷地トシテ充用スヘキ目的ノ由ニ
有之候ニ付テハ全部ノ保管轉換ヲ避ケ
甲號ノ區域タケ分割ノ上保管轉換方致
ス様御詮議相成度若シ此ノ御決定六
ケ敷場合ハ該敷地ニ對スル時價相當ノ
土地ヲ買收ノ上陸軍部ト御交換相成度因
下當市ニ於ケル土地ノ時價ハ一坪金五拾
錢乃至金拾五圓ノ範圍ニシテ該地ハ一坪
金弐圓以内ノ見込ニ有之候又右保管轉換
若ハ交換ノ義御認可ノ上ハ台南市丁二六
番學租財團地及仝二七番二八番民有
地ヲモ併セテ買收ノ上當廳舍敷地ニ充用
致度彼此事情御酌量ノ上速ニ御認
可相成度
右及稟申候也
明治四十三年二月二十二日
臺南廳長松木茂俊
臺灣總督伯爵佐久間左馬太殿

臺南市（舊東巷街）丁九五番建物敷地
沿革略記
台灣府志誌台灣縣志ニ徴スルニ本地ハ元鄭氏
ノ邸宅ニシテ其ノ建立年月不詳ナルモ鄭成
功カ台灣ヲ占領セシ時ハ先ツ赤崁樓（今ノ衛戍病院ニ接ス）ニ據
リテ安平城ヲ攻陥シ和蘭人ヲ攘ヒ而シテ後

松木茂俊以急件呈給總督佐久間左馬太的公文中曾抱怨臺南廳廳舍的侷促。（「臺南市街市區計畫及其ノ地域決定令達（臺南廳）」（1910-03-02），〈明治 44 年臺灣總督府公文類纂永久保存追加第 14 卷地方〉，《臺灣總督府檔案．總督府公文類纂》，國史館臺灣文獻館典藏）

他的考量是，這裡距離官舍很近，又是前朝的臺南行政中心，本來就有權力象徵意義。此外，這附近以前曾經蓋過崇文書院、鴻指園（臺灣知府所建名園）、領事府、考棚等等，這意味著附近民有地比較少，未來如果要擴建也會有較大的腹地可以使用。

但是松木畢竟是新來的廳長，他少考慮了兩件事情。第一，他所劃設的預定地目前歸陸軍部所有，但該地陸軍部早有興建官舍的計畫，並且正在施工，要斡旋取得這塊土地並不容易。

其次，他沒有考慮到，這件事情應該與臺南既有的「市區改正」計畫一起思考。「市區改正」是日治初期以來，殖民政權從臺北開始陸續進行的類都市計畫。但就在松木行文上書的這一年，制度有了改變。此前市區計畫委員會是由各地方政府自行設置，但從今年開始，總督府設立了統一的市區計畫委員會，相關計畫改由總督府審議後核定。

臺南在前幾波的市區改正中，尚未帶來翻天覆地的改變。此時的府城還保留著舊城時代的格局，與現代都市有著不小的距離，多數地方仍是漢人居住的傳統街市，人口非常密集，馬路狹長崎嶇沒有規則，彷彿一座複雜的迷宮。此外下水道系統還未建置完成，環境衛生狀況普遍不佳。舊城四周則由高聳的城牆與十四座城門包圍著，僅有去年剛通車的縱貫鐵路能穿越城牆，總體而言十分不利都市發展。

而此刻正是總督府將目光移往臺南的時候。在公文往返之中，松木雖然表達了廳舍選址的事情刻不容緩，但也收到了來自總督府工務課的意見，認為他的選址位置太偏，而且市區改正計畫現在正在進行，等到設計完成再決定可能會比較好。

理想的土地徵用困難，新建廳舍又十分急切，於是總督府要求松木提出第二候補預定地。

市區計畫的中心地帶

松木這回學乖了，他參考正在進行的市區改正計畫，把目光移向了那座立有兒玉壽像的圓環，他在公文中提出，預計將圓環南邊的三界壇一帶作為廳舍新築的第二候補地，也附上了附近土地的徵用計畫。

這裡會成為整座城市的核心位置早已有跡可循。這一帶被稱為「三界壇」，是沿用該地廟宇的名稱；也有人叫這裡「牛屎埕」，據說是因為清國統治時期，附近曾設有御史衙門，牛屎是御史的台語諧音。

早在一九〇〇年，當時的臺南市區計畫委員會技師長野純藏就已經提出過一份都市計畫圖。長野曾經到歐洲進修，他參考了巴黎凱旋門周邊設計，認為臺南應該要設有圓環，搭配放射狀的道路規劃，才能讓初來的人可以快速掌握這座城市的格局，輕易抵達任何目的地。除了交通之外，圓環與筆直的馬路也有助巡邏與防火救災，避免消防隊員耗費時間在尋找救災路徑。

基於這個想法，一九〇六年，臺南廳就曾以增闢「火防線」為理由，一口氣在三界壇徵收了四千多坪土地，並遷走一百多人。

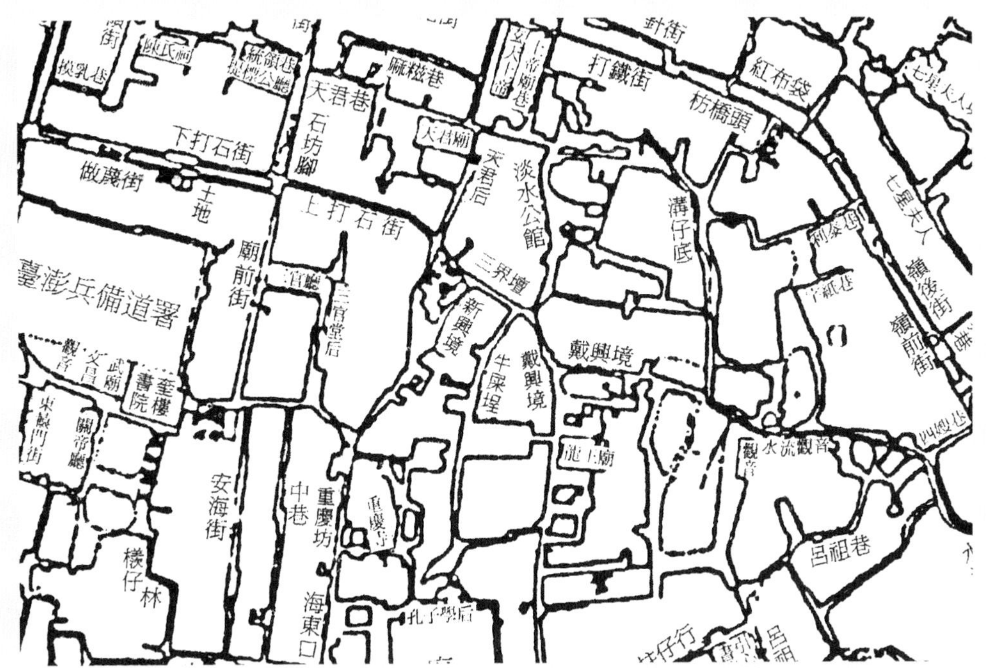

清光緒年間（1875）臺南府城「牛屎埕」一帶街道圖。（〈臺灣府城街道全圖〉，「臺南市百年歷史地圖」，中央研究院人社中心 GIS 專題中心）

日本著手臺南市區改正計畫前（1896）的牛屎埕一帶。（〈臺南府迅速測圖〉，「臺南市百年歷史地圖」，中央研究院人社中心 GIS 專題中心）

至於兒玉源太郎的壽像遷來此地，其實也不過是三年前的事。當時全臺共有四座兒玉壽像，臺南的這一座於一九〇三年運抵之後，一直放在臺南廳長辦公室。一九〇五年兒玉源太郎在日俄戰爭的關鍵戰役中取勝，立下功勳，他的光榮事蹟恰好可以對殖民地進行宣傳，許多人便主張，他的壽像不應該藏在室內，而應該進入公共空間，成為一座城市視線的焦點。於是不久之後，它就被改放到三界壇的圓環中央。

事情發展至此，三界壇一帶在臺南市區計畫中的重要性，幾乎已成定局。位在城市的中心位置、地理上的制高點，有圓環，有空曠的土地，中央還有一座象徵殖民權力的兒玉壽像。還有什麼地方會比這裡更適合作為行政中心的預定地呢？

一九一〇年底，總督府市區計畫委員會委員長長尾半平核定了臺南的市區改正計畫，臺南即將告別府城的格局，走向棋盤式的道路規劃，並搭配數個圓環，其中，位居中心且能輻射向市區各處的一個，正是位在三界壇的圓環。

最後，毫無意外地，臺南廳廳舍的新建築就落腳在松木茂俊提出的第二候補地上。

1910 年所提出的臺南市市區改正計畫圖之一。（「臺南市街市區計畫及其ノ地域決定令達（臺南廳）」（1910-03-02），〈明治 44 年臺灣總督府公文類纂永久保存追加第 14 卷地方〉，《臺灣總督府檔案．總督府公文類纂》，國史館臺灣文獻館典藏）

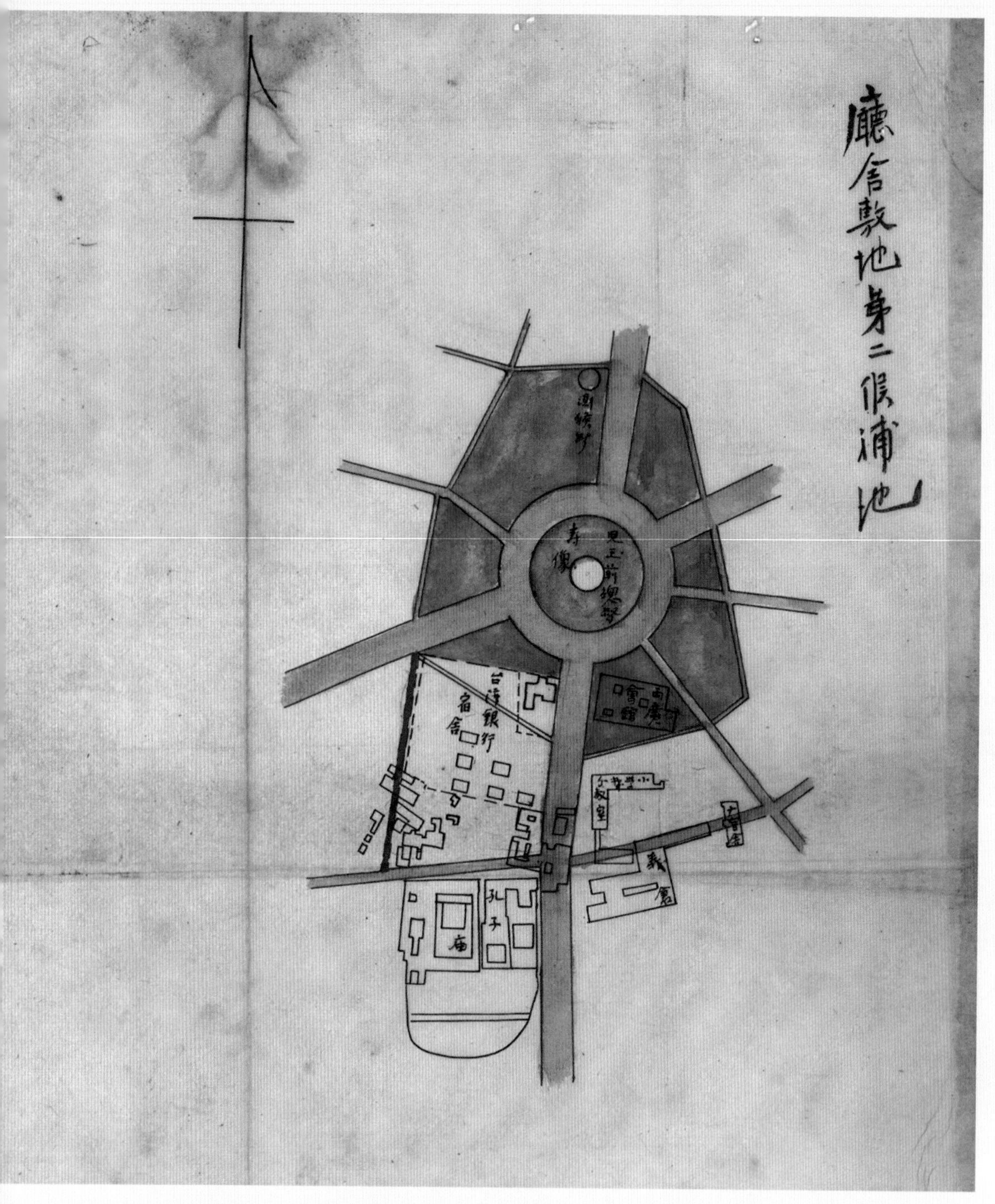

松木茂俊所提案的第二候補地原為臺灣銀行宿舍，後獲許可方才成為臺南廳廳舍用地。（「臺南市街市區計畫及其ノ地域決定令達（臺南廳）」（1910-03-02），〈明治 44 年臺灣總督府公文類纂永久保存追加第 14 卷地方〉，《臺灣總督府檔案・總督府公文類纂》，國史館臺灣文獻館典藏）

1914 年時任臺南廳長的松木茂俊。
（《臺灣總督府高等官寫真帖》，國立臺灣圖書館典藏）

參考資料

〈新官制と任免 臺南廳〉，《臺灣日日新報》日文版，1909 年 10 月 25 日。

中央研究院人社中心 GIS 專題中心「臺灣百年歷史地圖」，網址：https://gissrv4.sinica.edu.tw/gis/twhgis/。

范勝雄、陳柏森、黃斌、傅朝卿，《舊建築新生命：從臺南州廳到國立臺灣文學館》（臺南：國立臺灣文學館，2011 年）。

陳秀琍，〈係金ㄟ！府城台南的黃金傳說〉，《薫風》網頁版，網址：https://www.kunputw.com/archives/%E5%8F%B0%E5%8D%97%E9%BB%83%E9%87%91%E5%82%B3%E8%AA%AA（2024 年 7 月 8 日檢索）。

殖民地官廳新風貌
——森山松之助與近藤十郎的建築人生

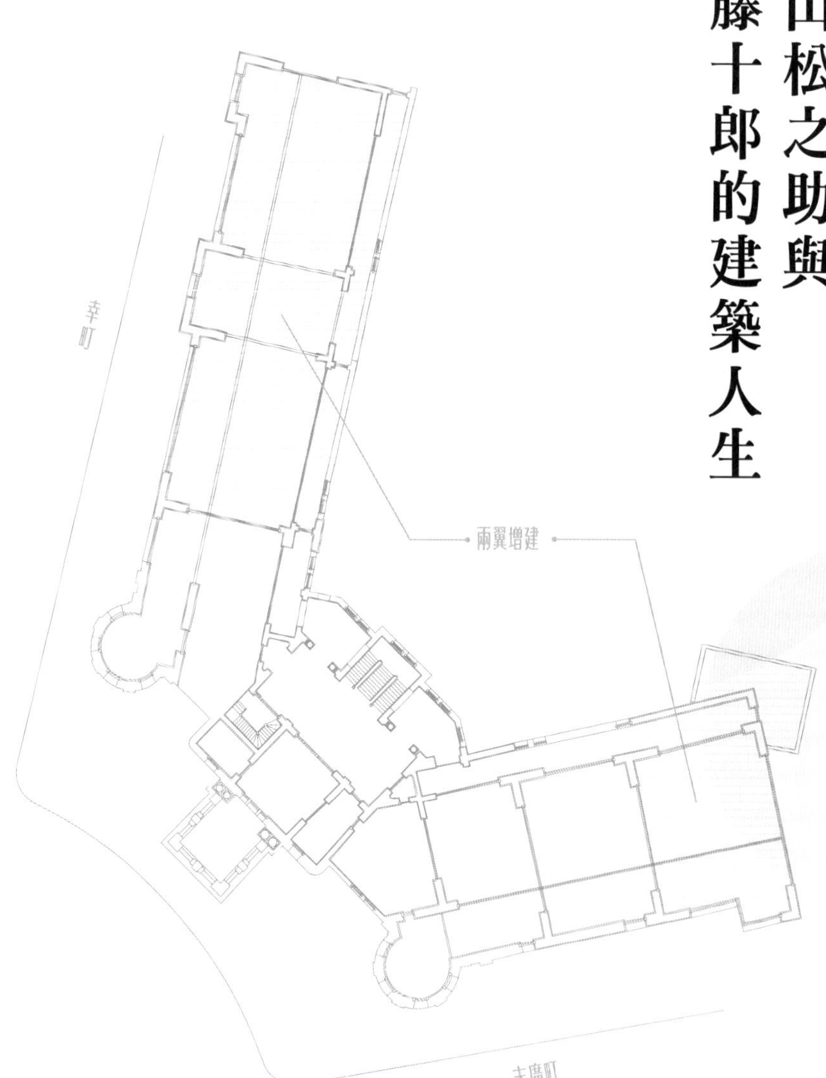

一樓

這可能是一九一二年十一月臺灣總督府營繕課的工作場景：十一名技師和他們帶領的將近五十名技手、二十多名編制外人員所組成的團隊，井然有序地坐在清國留下來的官衙建築裡，各自埋頭苦繪著建築設計圖，或許還得不時拍拍圖面上白蟻侵蝕梁柱所落下的木屑。

臺南廳廳舍的設計已經接近尾聲，近藤十郎端詳著由技手小島讚平呈上來的〈臺南廳廳舍縮尺百分之一圖〉。不久前，近藤已經被上級指派，負責廳舍的監造工作，而這棟建築的主要設計者，正是他東京大學造家科的學長森山松之助——這是總督府營繕課的制度設計，為了防止弊端，通常設計與監造會由不同技師負責。

在總督府與廳長松木茂俊對於臺南廳廳舍的選址有共識之後，建築設計的任務就交到了總督府營繕課。由於日治時期臺灣並未出現過民間的建築設計事務所，因此公部門建築設計大多數不是採取公開競圖遴選，而是直接交由總督府營繕課承攬，由公部門內的建築技術官僚負責各地公共建築的設計、發包與監造，並審核各地方政府負責的建築設計。

近藤早聽同仁說起這個案子比起其他廳舍有多麼曲折，先前森山松之助的設計經過估價，被上級認為預算過高，最後只能先從正面著手進行三分之二，沒意外的話，明年可以進行上棟儀式，大正五年（一九一六）就會完工。

落成初期的臺南廳廳舍，兩翼尚未增建。（中央研究院臺灣史研究所檔案館典藏）

的才華——森山是天才型的建築師，做事又十分認真細緻，只要看過設計規劃，就很難否定他

兩層樓的紅磚建築，入口設在街道轉角，建築整體配置呈 V 字型，分左右兩翼。

入口兩側都有圓柱型的衛塔。

正立面最上方設置厚重的馬薩式屋頂，這樣才能顯出官廳的氣派。

主入口門廊不能隨便，四個角落各以三根一組的托次坎柱式支撐，柱子又分成圓柱、方柱及方壁柱三種，前兩排是成對方柱配一根圓柱，後兩排則是成對方壁柱搭配圓柱。

近藤會心一笑，因為他正在設計的臺北病院（今臺大醫院舊館）門廊就採取了類似的手法。

對日本人而言最苦惱的潮濕問題，也要在建築設計上根本地解決，因此地基設置通氣孔，增加建築的通風換氣。

窗戶採用「重錘式窗戶」，形式是上下開合的設計，原理是左右窗框設有滑輪以及與窗扇等重的鐵鑄重錘，利用重力讓窗戶停在任何位置——這是當代建築師蓋西式建築必然採用的窗戶。

近藤看著森山主導下的臺南廳設計圖，可能會感到讚賞，也說不定有些忌妒。森山畢竟是他的學長，美學主張與設計手法都與他十分接近，近藤很難不贊同他的見解。但在職場上，森山是晚他一年來臺的後進，薪資、待遇、升遷速度、負責的案件卻都遠優於他。只是相較專注於建築的森山，他還具有行政方面的長才，未來將兼任許多行政職

務——此時他同時是「成淵學校」（今臺北市立成淵中學）的校長，經常得往返於學校與總督府之間。

而現在的近藤，則得起身離開總督府，前往其他工作現場了。

臺灣總督府臺南中學校（今國立臺南第二高級中學）最初曾借兩廣會館為臨時校舍，對面臺南廳廳舍增建前的空地便成了師生的運動場，亦曾在此舉辦庭球會。（中華民國臺南二中校友總會提供）

才華洋溢的森山松之助願意來到臺灣，當然需要一些歷史條件，但也源於某些偶然的機緣。

在臺灣總督府擔任民政長官的後藤新平，某次拜訪了知名的牙醫好友血脇守之助，對他的宅邸跟診療所十分讚賞，忍不住問這是找誰設計的，血脇於是向他介紹了建築師森山松之助。

後藤新平找上了森山，告訴他明年六月東京要辦勸業博覽會，屆時會場將設置一座「臺灣館」，想邀請他為這個場館進行設計。這年是一九〇六年，森山答應了這項委託，雖然他根本沒到過臺灣，但仍憑藉著對臺灣建築的理解，設計了一座兩層樓的中國官衙式建築，這是他第一次參與來自臺灣的委託。也在這一年，他參加了臺灣總督府新建築的公開競圖，沒想到就此開啟了與臺灣的不解之緣。

後藤新平想必很滿意森山設計臺灣館的表現，因此極力邀請他來臺灣總督府工作。這時的日本剛打完日俄戰爭，總督府也已經治臺十多年，剛在一九〇五年達成財政獨立，開始投入工程費用進行基礎建設，公共建築的需求大量增加，因此十分需要像森山這樣的人才。

不過，對森山來說，這可能是一份需要考慮的工作。臺灣的氣候環境對許多日本人而言並不容易適應，來臺灣就業對建築師的職涯發展有沒有助益更是一大問題，這也是當年許多日本人才不願意來臺的主因。有正職工作的森山要在邁入壯年之際，突然放下舒適圈的生活來到人生地不熟的臺灣，恐怕需要一點勇氣。

不過森山顯然有自己的考量。一九〇七年，他下定決心來到殖民地臺灣，進入總督府營繕課任職。從民間進入公部門，即使是接受邀請，一切還是得講規矩。森山的職位仍必須從臨時聘雇的「囑託」做起。

囑託，是一種編制外的約聘人員，也是當時民間人士進入殖民地官僚體系的管道之一。但總督府也沒有虧待他，大手筆地給了他兩百圓月薪的待遇，這不僅數倍於同等級同僚的平均薪資四十五圓，換算成年薪更完全等同課長野村一郎的薪資。當然，優渥的待遇不見得是他的優先考量，畢竟他本來就家世顯赫，不太有經濟上的顧慮，當下他更需要的是發揮長才的機會。

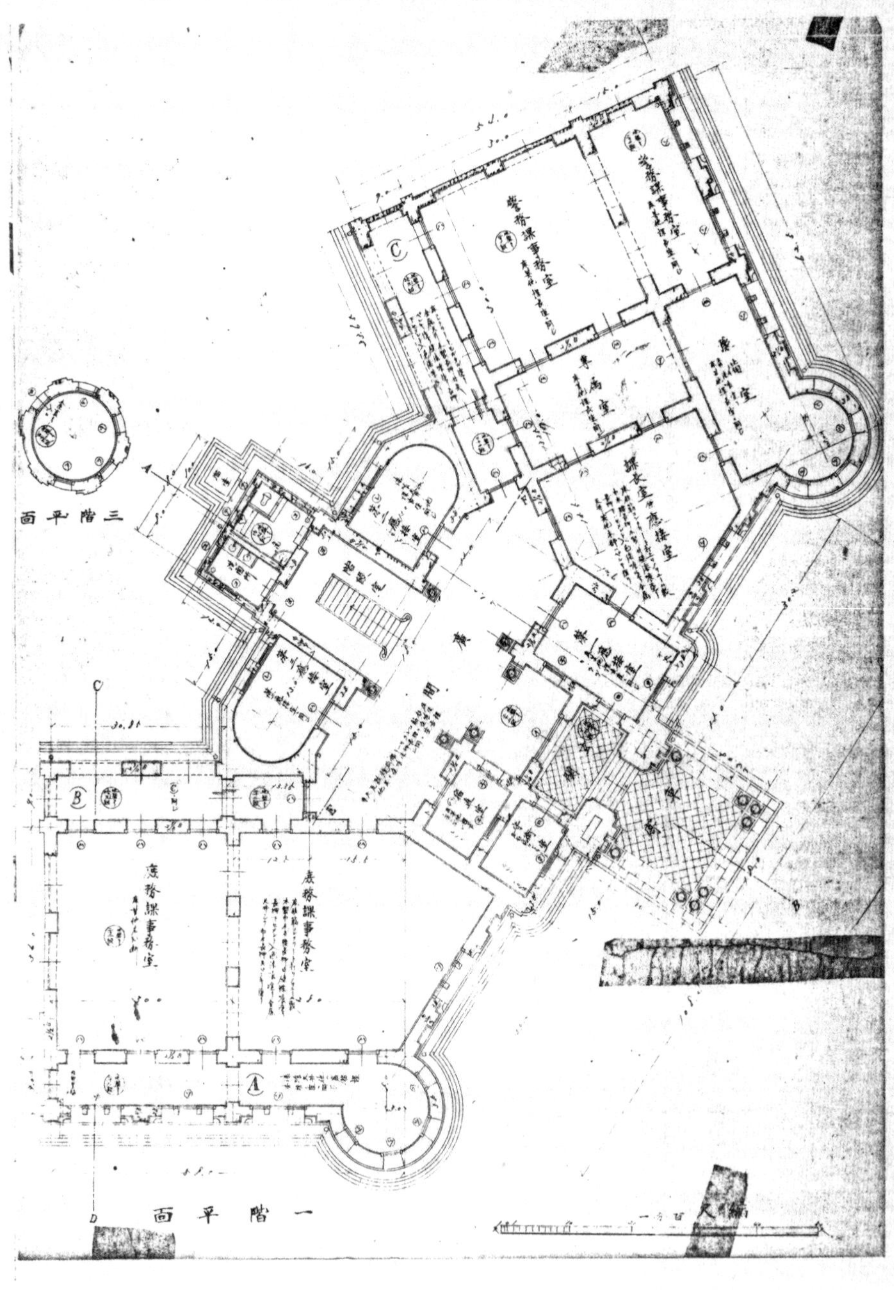

三階平面
警務課事務室
警務課事務室
專属室
豫備室
課長室
應接室
第二應接室
第三應接室
階段室
廣間
庶務課事務室
庶務課事務室
一階平面
縮尺百分一

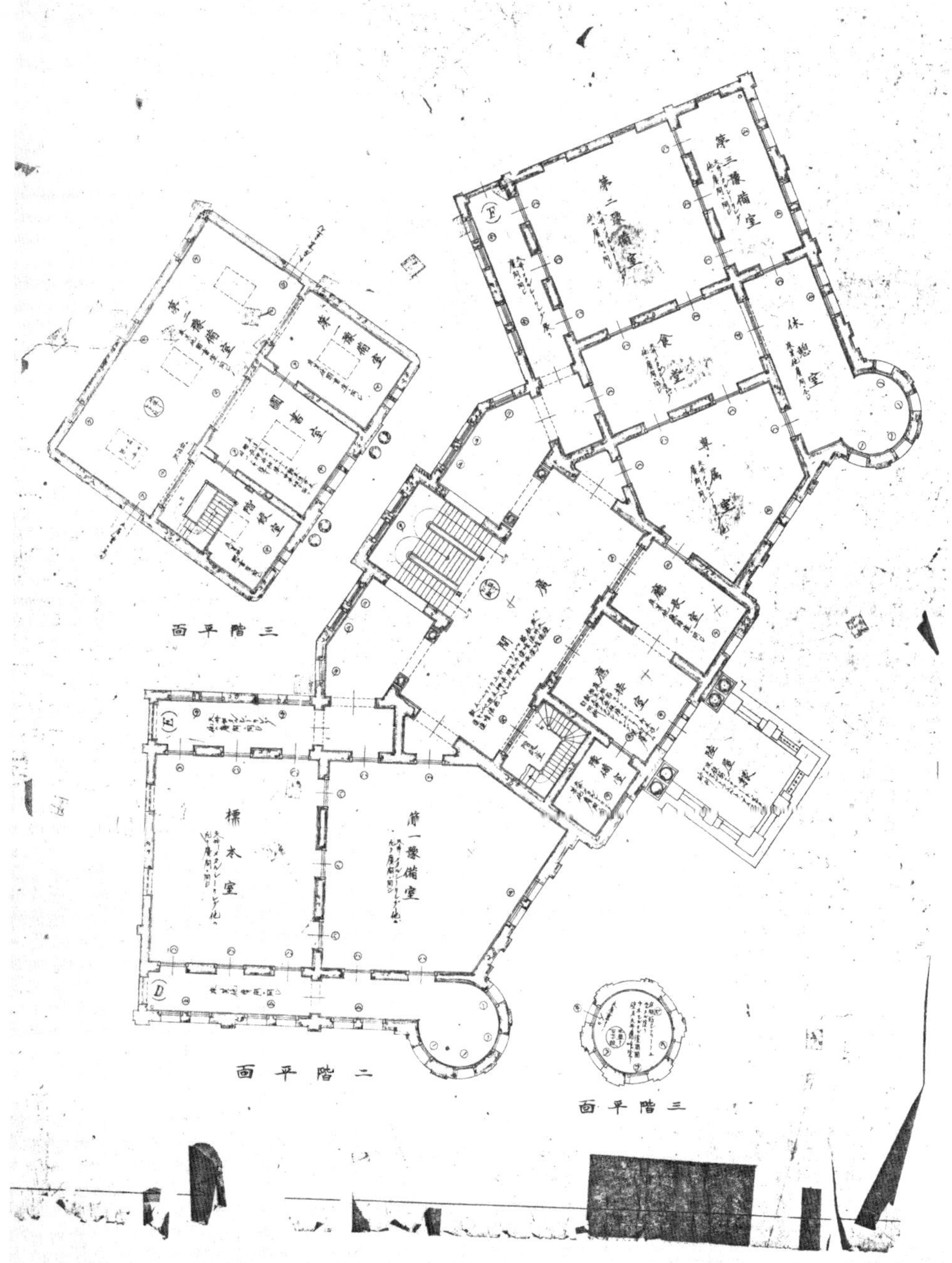

1920 年前後臺南廳廳舍增建前的上視平面圖。（張博碩捐贈，國立臺灣文學館典藏）

森山松之助在一八六九年生於大阪，父親是派駐朝鮮的外交官、貴族院議員森山茂。他從小就到東京求學，中學讀的是皇親政要雲集的學習院尋常中學，接著進入第一高等學校；一八九三年進入東京「帝國大學工科大學造家科」，並於一八九七年以第一名的畢業作品畢業。其後，他曾經在第一銀行建築事務所擔任囑託，也曾在東京齒科醫院、東京高等工業學校擔任講師。這些在在顯示他是一位有背景、有才華又願意用功的年輕建築師，他所欠缺的是受人矚目的代表作品。

森山必然有所耳聞，造家科的學長、學弟有不少人選擇畢業不久就來臺灣發展，營繕課的課長野村一郎正是早他兩年畢業的學長，同期的技師小野木孝治、近藤十郎都是他的學弟，卻比他更早來到臺灣。森山可能會覺得這些「系友」們比自己還要勇敢吧，因為他們幾乎把職業生涯與臺灣總督府的官僚體系綁定，在這裡逐級升遷，並將他們最精華的歲月獻給殖民地的公共建築。有這些人作為長官與同事，或許會讓森山感到安心不少。

他們就讀大學的年代，剛好是日本第一代建築師辰野金吾在帝國大學教書的時期，這位老師影響了他們對於「西式」建築的想像與設計風格。辰野金吾師事英國建築師康德，被視為英國派建築的代表人物，他所開創的「辰野式」風格，轉化自英國當時流行的「安女王樣式」，主要特色是紅磚外觀搭配白色橫向飾帶，建築的入口設置於轉角處，立面有許多細膩的裝飾，並且透過大屋頂的設計表現日本特色。森山在臺灣的十多年間，幾乎把這種風格發揮到淋漓盡致。

一九〇九年，臺灣歷經了一次地方行政區劃的大規模改制，將全臺劃分為十二個廳。其中最重要的臺北、臺中、臺南三廳也隨之在一九一〇年代初期興築嶄新的廳舍，這幾項工程幾乎同時落到了森山的手中，他再次使用「辰野式」風格設計，為臺灣當時整體的官廳建築定調。

八年後的一九二〇年，臺南廳廳舍從大正七年（一九一八）開始的第二階段工程也完工了。這一年，臺南廳將改制為臺南州，完工的臺南廳舍也將成為「臺南州廳」。同一年，近藤則會因為森山不願承擔行政工作而接下營繕課課長的職務。

然後再過不久，他們會一前一後離開臺灣，回到日本本土開業。森山返日後還曾再完成一些和臺灣有關的作品，像是新宿御苑臺灣閣、高砂寮等；而近藤早已習慣於臺灣的官僚體系，回到民間開業並不順利，只完成過一件建築作品就結束營業。

一回頭，他們可能都會發現，那段在舊官衙建築裡趕畫設計圖的日子，早已經是他們人生最巔峰的歲月。

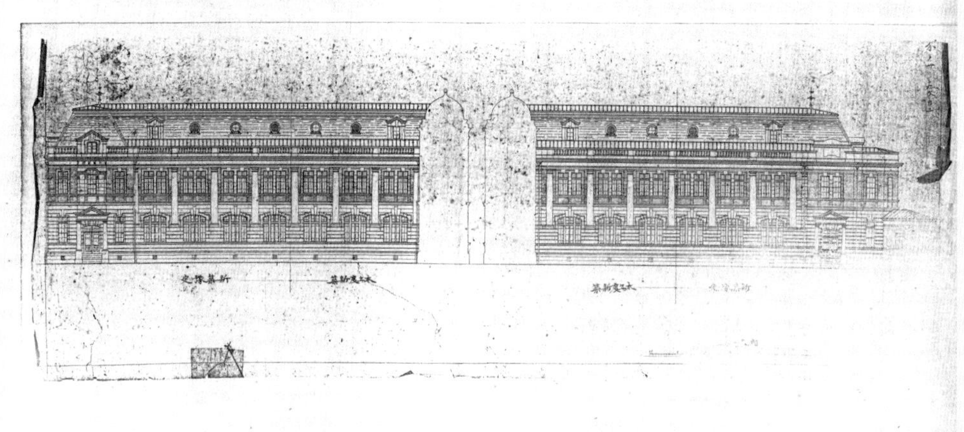

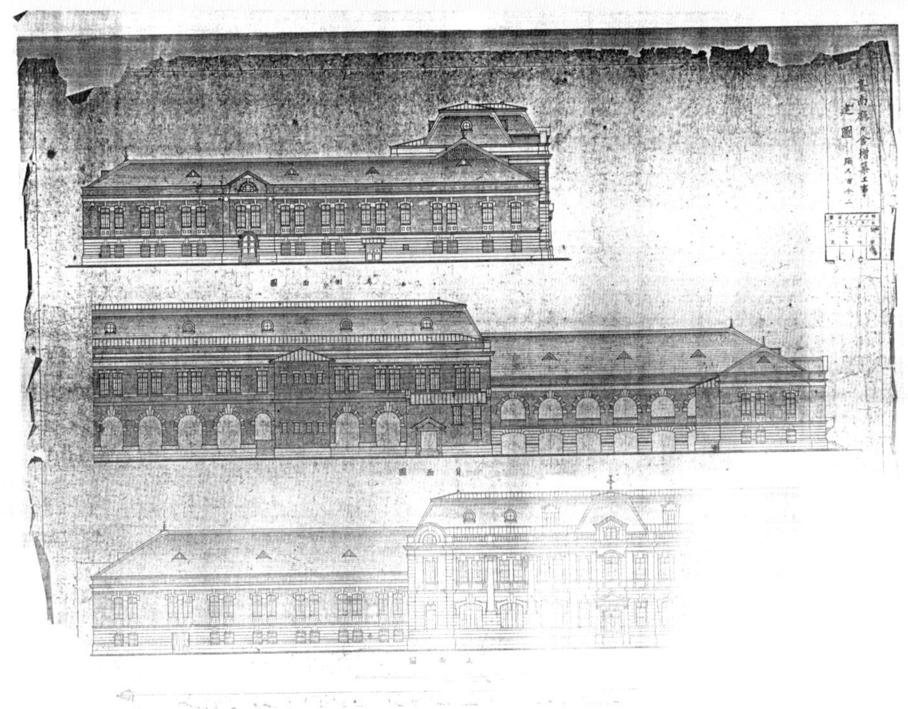

臺南州廳第二階段增建工程的建築藍圖。（張博碩捐贈，國立臺灣文學館典藏）

第二階段建設完成後的州廳，兩翼已擴建完畢，成為現今我們熟悉的樣貌。（國立臺灣歷史博物館典藏）

增建後的臺南州廳右翼亦曾是臺南市役所的所在地。（國立臺灣圖書館典藏）

市役所官員與仕紳合影。（秋惠文庫所有，國立臺灣歷史博物館保管）

參考資料

吳昇峰，〈日治時期森山松之助州廳建築之空間形式研究〉（臺中：逢甲大學建築所建築及都市規劃學門碩士論文，2011 年）。

吳昱瑩，《跟著日本時代建築大師走：一次看懂百年臺灣經典建築》（臺中：晨星，2021 年）。

范勝雄、陳柏森、黃斌、傅朝卿，《舊建築新生命：從臺南州廳到國立臺灣文學館》（臺南：國立臺灣文學館，2011 年）。

黃士娟，《建築技術官僚與殖民地經營 1895-1922》（臺北：遠流，2012 年）。

黃士娟，〈臺灣日治時期建築文化資產之形成及保存活用〉，《臺灣博物季刊》第 109 期，2011 年 3 月。

蔡侑樺、徐明福，〈再論日治時期台灣官方營繕組織〉，《建築學報》第 69 期，2009 年 9 月。

行過大正町

——皇子與庶民的臺南體驗

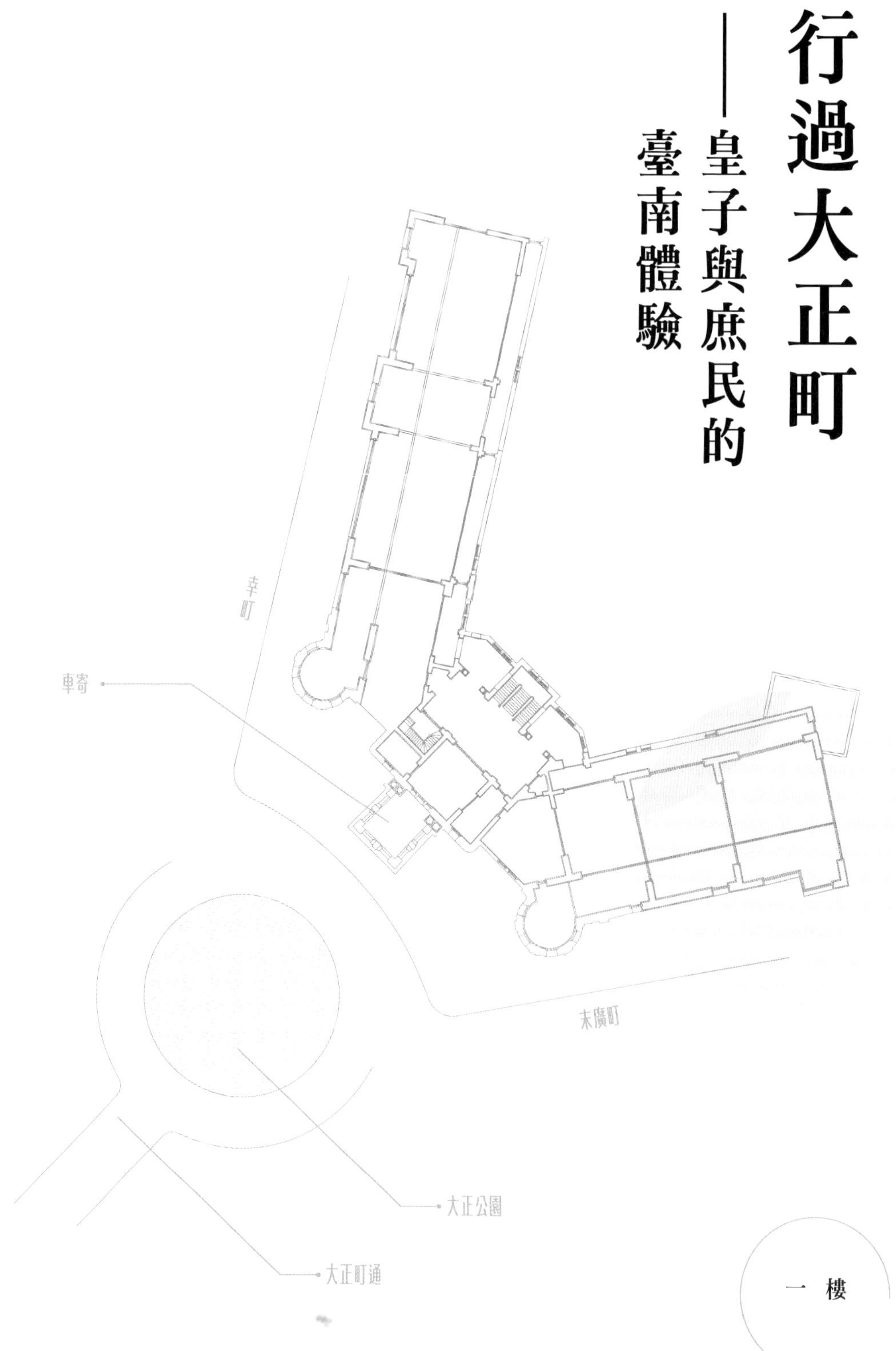

一 樓

裕仁太子小時候如果聽說過臺灣，應該會覺得那是個糟糕的地方。他的恩師乃木希典將軍曾經在乙未戰爭的時候負責率軍登陸臺灣南方，後來更擔任過一年多的臺灣總督。如果乃木曾經向他說過關於臺灣的事情，那可能會提當年他圍攻臺南府城的時候，清國的劉永福如何棄守，臺南的仕紳如何透過牧師前來求和。乃木也一定會說起臺灣的瘴癘之氣多麼可怕，就算貴為皇族的近衛師團長北白川宮能久親王，能夠統御千軍萬馬縱橫沙場，終究也不敵霍亂而命喪臺南。

這時的裕仁太子還不到十歲，仍只是個病弱的孩子，右手指無法靈活運動，眼睛有先天近視。日俄戰爭後不久，明治天皇任命乃木希典擔任學習院院長，請他親自指導皇孫裕仁，為這位後來的皇位繼承人種下愛好軍事的種子。

一九一二年，明治天皇過世，出身傳統武士家庭的乃木希典與妻子一同「殉死」，表現自己的武士道精神。這帶給十歲的裕仁太子相當大的打擊，讓他成為了一個孤僻的孩子。

十多年後，裕仁長成了一名質實剛健的青年，並已在父親大正天皇病重之時開始攝政，終於有機會親自踏上臺灣這塊土地。

一九二三年四月二十日十二時三十分，當他步下「御召列車」走出臺南驛時，迎接他的是一種溫暖和煦的氣氛。縱使他知道自己的這趟旅程從自基隆港登岸開始，每分每秒都被精心設計過，但如果不是現代化的制度與管理已經到達一定水準，他可能無暇細細感受這裡的溫度與氣味。

多名將領以及前任臺南州知事枝德二、前臺南廳長及現任眾議員津田毅一、臺灣籍的總督府評議員黃欣早已在外恭候多時，完成謁見之後，車隊由臺南州知事吉岡荒造為前導，浩浩蕩蕩地出發，穿越過臺南驛外臨時搭建的兩座高達二十五公尺的柱塔狀「奉迎門」。此回皇太子每出車站都會見到這樣的兩座高塔，但臺南州為了展現臺灣古都的特色，特別在塔頂採用漢式建築。

裕仁坐在宮內省向大英帝國訂購的勞斯萊斯「銀魅」（Sliver Ghost）汽車上，駛入臺南當時最繁華的、通往兒玉壽像圓環的大正町通（今中山路），兩旁都種植了高大的鳳凰木作為行道樹。這是一種原生於馬達加斯加的樹木，日治初期才引進臺南，在總督府殖產局技師田代安定的建議下，成為臺南最主要的行道樹。聽說再過一個月，鳳凰木會開出紅色花朵，整條大正町通將是一片鮮紅的盛夏景觀。通往州廳的筆直大路、南國的豔陽，卻有高大的行道樹遮擋出涼爽舒適的樹蔭，這種現代化建設所創造出來的南國風情，後來也將被印成許多不同的明信片，成為外地人想像臺南的憑藉。

裕仁的座車在圓環繞了一圈，看到了一座氣派的官廳，不需旁人介紹，他從建築風格就知道那肯定是臺南州廳。三年前，田總督上任之後，臺灣行政區劃再次進行了大規模的調整，從廳制改為州制。臺南廳改制為臺南州，第二期工程甫完工的「臺南廳舍」因而成為後人所熟知的「臺南州廳」。

1923 年 4 月 20 日下午，浩浩蕩蕩驅車前往臺南州廳的裕仁太子車隊一行。（國立臺灣圖書館典藏）

自臺南驛沿大正町前往州廳必定會經過大正公園，兒玉源太郎壽像正是大正公園的代表性建物。（國立臺灣圖書館典藏）

裕仁太子座車抵達臺南州廳，為恭迎皇太子，車寄前豎起了國旗。（國立臺灣圖書館典藏）

裕仁來臺的機緣要從第一次世界大戰後的國際情勢說起。一九一九年，受到一戰後民族自決的風氣影響，日本政府為了消弭殖民地差別待遇所可能引發的不滿情緒，因而提出了「內地延長主義」。臺灣取消了只有武官才能擔任總督的規定，曾任貴族院議員、遞信大臣的田健治郎於一九一九年成為第一任文官總督。

這幾年也是臺灣民權運動蓬勃發展的年代。一九二〇年，在東京的臺灣留學青年組成了新民會，發行《臺灣青年》雜誌，向臺灣民眾鼓吹地方自治、介紹世界局勢。隔年，以林獻堂為首的知識分子發起議會設置請願運動，向日本政府抗議總督府的集權，要求讓臺灣人設置自己的議會；同時，林獻堂與蔣渭水一同串聯全臺知識分子發起「臺灣文化協會」，以啟蒙民智為目標，將他們所主張的民主自治觀念傳遞到大街小巷。

就在這樣的年代，裕仁太子收到總督田健治郎的邀請，希望他親自來一趟臺灣。這是想讓太子見證日本人治理臺灣的成績，也是借用皇子的身分，企圖讓臺灣人相信，日本真的把臺灣當成領土「內地」，完全一視同仁。

裕仁或許還不知道，那份在東京創刊的《臺灣青年》歷經兩度更名，就在他登上臺灣土地的前一天，重新以《臺灣民報》的名稱創刊，很快就要衝破百萬發行量，與臺灣幾家官媒一較高下。

下午 1 時 40 分，裕仁太子於州廳短暫停留 20 分鐘後離開，準備前往北白川宮御遺跡所。（國立臺灣圖書館典藏）

此刻他清楚自己不需要多表示什麼，但他必須善用在臺灣的每分每秒，讓自己的一言一行都風光漂亮。

一九二三年四月二十日十三時二十分，他在臺南的「御泊所」小事休息過後，坐車來到了臺南州廳。他知道他在這座城市只有一天的時間，而在這座建築裡只有二十分鐘。

座車在車寄停下，臺南州伊藤兼吉內務長率全體官員於玄關守候。歷史上記載他在這二十多分鐘內會單獨謁見州知事吉岡荒造、枝德二、津田毅一、許廷光、《臺南新報》創辦人富地近思、黃欣，接著接受團體謁見，然後才步行一小段路，在十三時四十七分抵達附近的北白川宮御遺跡所，瞻仰那位客死異鄉的皇親遺跡，緬懷日本皇族與這塊土地最初的接觸。這麼短暫的謁見與參訪，究竟能說些什麼話呢？一切都只是儀式，他要威嚴地來，風光地去，說什麼並不重要。

這年年底，蔣渭水等人四十多位議會請願運動的志士被以違反「治安警察法」為由逮捕，兩年後將有數人因此遭到判刑。

也是在這一年年底，臺灣文化協會的總部曾經遷至臺南州，就位在距離州廳不遠的地方。

裕仁太子離臺後的隔年，國枝龍一來到臺南短住兩年。如果不是因為愛好文學，他只是一名在商業學校中教授修身與簿記的老師。他的籍貫在九州熊本，沒有顯赫的背景，也沒有傲人的學歷，在臺灣顯然比回到原鄉有更多的發展機會。

國枝龍一畢業於臺北高等商業學校，這是一所培養向南洋及中國發展的人才的學校，一九一九年甫成立。但是畢業以後國枝沒有再往其他地方去，而是投入實業教育。一九二四年春天來到臺南孔廟旁的臺南州臺南商業補習學校教書，同年五月加入了短歌社團「新玉」（あらたま），他拜臺北州知事官房稅務課的雇員平井二郎為師，並給自己取了一個筆名叫邦枝隆。

這群來自日本各行各業的人們，愛好著這種由五—七—五—七—七、一共三十一個音節構成的古老詩體，希望可以創作出《萬葉集》時代般的作品。他們在《新玉》這份全臺最大的短歌雜誌上，大量刊登《萬葉集》評論與相關文章，並且嘗試用這樣的體裁書寫臺灣四季的自然風物。

他們書寫春夏秋冬的木棉、百合、龍眼、香蕉、苦楝等等，運用結合繪畫手法的書寫形式，展現浪漫主義色彩。

國枝龍一不像裕仁只能快速地路過這個地方，他喜歡在這座城市裡漫步，從他教書的南門町，路過臺南州廳、圓環，沿著大正町，遇到臺南驛後再往北走，走入臺南公園。他會細看這些花木的變化，並仔細聆聽它們的聲響，最後運用他的文學技巧轉化為詩句。他尤其喜愛壁虎的聲音：

壁虎的叫聲
可愛：
屋外的風
正逐漸轉成
狂風（陳黎、上田哲二譯）

他也用聲音去描述臺南的季節變化：

芒果花
盛開：
合歡樹枯果的
莢子在風中
喀喀作響（陳黎、上田哲二譯）

鳳凰木是大正町通的象徵，也是其時文學作品與名所介紹經常歌詠的對象。（國立臺灣歷史博物館典藏）

不同時期與位置所拍攝的大正町通。（國立臺灣歷史博物館典藏）

他更熱愛臺南公園裡初春的鳳凰木：

霧深的
早晨：
公園鳳凰木葉子
昨夜
散落一地（陳黎、上田哲二譯）

他或許沒有意識到，他所熱愛的這些景觀——公園與行道樹，雖然在他的筆下都彷彿是散發著南方浪漫情調的自然風物，能夠為讀者帶來果香、豔紅、薰風與聲響的個人感官體驗，但實際上，這也都是殖民政權對地方進行空間改造後的現代都市景觀。

從這個角度看，國枝在臺南的生活見聞，其實和裕仁太子的行程一樣，背後有無數的人與制度在精心策劃著，只不過他沒有那樣尊貴的身分與階級，有更多時間可以在其間流連吟詠罷了。

一九二四年，正當國枝龍一努力地學習著用來字母國的古老文體表達自己的感覺，臺灣的文壇，才要開始一場關於新文學的轟轟烈烈的論戰：張我軍發表了〈致臺灣青年的一封信〉，點燃新舊文學論爭的戰火。但沉浸在短歌裡的國枝龍一並不需要注意這些，他只消在他熱愛的臺南街道，等著鳳凰木轉為火紅。

參考資料

〈1923年12月16日　治警事件　全島大檢舉〉，臺灣新文化運動紀念館網頁，網址：https://tncmmm.gov.taipei/Content_List.aspx?n=C7343246C9980F7C。

吳馥旬，〈由1923年裕仁皇太子臺灣行啟看都市空間之變化〉（臺南：國立成功大學建築學系碩士論文，2005年）。

郭双富、王佐榮，《東宮行啟：1923年裕仁皇太子訪臺記念寫真帖》（臺北：蒼璧，2019年）。

陳黎、上田哲二譯，《臺灣四季：日據時期臺灣短歌選》（臺北：二魚，2008年）。

王子碩，口述訪談（州廳時期），國立臺灣文學館策劃、採訪，2022年。

戰火來臨前

——臺南州知事一番瀨佳雄的煩惱

後期增建
知事辦公室
幸町
末廣町
二 樓

臺南州知事官邸建於西元 1900 年，除了作為知事官邸，也會用來接待日本皇族，1923 年裕仁皇太子行啟時即下榻此處。（國立臺灣歷史博物館典藏）

繁華城市的美好回憶

身為殖民地的地方行政官僚，經常要隨著人事調動四處遷徙。一九四〇年五月，一番瀨佳雄得到了新的任務，他將從勳五等升為勳四等，派往臺南州擔任知事。這時的他才從總督府事務官轉任新竹州知事不到一年，又要帶著妻子與三個孩子搭火車南下，住進鐵道旁的知事官邸，開啟新的生活。

不過，在一番瀨佳雄到任的時代，臺南市區已經完全是現代化城市的格局。

這時臺南州廳已落成二十六年，總督府的都市政策也早從「市區改正」逐步轉變為「都市計畫」，三十多年的發展已然累積顯著成果。

臺南州廳一帶涵蓋公會堂、測候所及大正公園等處，儼然公共建設完備的都市。（《日本地理大系・臺灣篇》，國立臺灣圖書館典藏）

30、40年代自臺南神社（今臺南市美術館二館）望向市街，除旗幟飄揚的林百貨（右）、小出商行（左）外，尚可見臺南郵便局等現代化的官方設施。（國立臺灣歷史博物館典藏）

一九二〇年代，臺南市區計畫打通了臺南州廳左側的末廣町，臺南的水陸交通有了更完整的聯繫，臺南驛可以直接通過大正町連接到圓環，再從末廣町筆直地通向臺南運河的臺南船渠，然後透過船運直通安平港。

一九三〇年代，圍繞著州廳周圍所建立的公共建築不勝枚舉，包括臺南警察署、臺南放送局、臺南州會、臺南神社外苑暨新武德殿、勸業銀行臺南支店、臺南合同廳舍等陸續建成，南臺灣的第一間百貨公司也於一九三二年在末廣町開幕。臺南州廳不再是一座孤立的西式建築，而是與其他現代官廳、道路規劃、生活機能組合而成的州廳園區。

州廳建築也有它自身的變化，一九二〇年代第二期工程完工，延展了左右兩翼。如今因應業務需求，正後方又有了新建部分，作為倉庫與預算室使用。州廳知事的辦公室在州廳左翼二樓，窗戶看出去是臺南合同廳舍，廳舍有一座高塔被稱為「火見樓」，是當時臺南市區最高的建築物，可以作為消防瞭望臺。

放眼望去，臺南已經是一座美麗、繁華、現代化，而且基礎建設完整的城市。即使中日之間的戰爭已經進行三年多，民眾的生活有些微改變，但關於戰場上的事況大家都仍只從廣播聽聞。如果在此刻宣稱，五年後這座城市會變得滿目瘡痍，州廳會被空襲毀損大半，大概沒有多少人會相信。

一番瀨佳雄最年幼的兒子一番瀨亘，此時還是就讀小學校的年紀。七十多年後，他說起住在臺南的時光，總是想到一些美好的人生片段：當年的他會與同學手牽著手，帶著盲眼的朋友跨過鐵軌前往盲啞學校，然後再往北，到路程約十至十五分鐘的花園國民

小出商行所發行的以臺南州廳為近景的市街明信片。（國立臺灣歷史博物館典藏）

學校上學。這個年紀的他最喜歡看火車，每天一放學完全不想在外逗留，而是馬上回到臺南驛旁的家。

一九四一年：臺南、日本與世界

不過對於一番瀨佳雄而言，擔任州廳知事的歲月，恐怕沒有太多美好回憶，尤其是一九四一年。這一年，對於一番瀨、臺南州、日本帝國，以及全世界，都是至關緊要的一年。

一番瀨佳雄是絕頂聰明的行政人才，早年在東京帝國大學法學院學就讀英國法，還沒畢業就通過高等文官試驗，畢業後一直在公務體系從事農商相關工作。一九三五年來到臺灣之後，他先在總督府殖產局任職過一段時間，才開始進入地方，行政歷練非常完整，因此行事也相當果決。

作為州廳知事，一番瀨佳雄應當對於戰爭的情勢演變相當有感，因為這會反映在他的業務上，各種任務型編組、精神動員的組織活動正不斷增加。一九四一年以前，有些應對戰爭的舉措已經開始發生。例如他還在新竹州廳任職的時候，總督府就發布過「臺灣米穀移出管理令」、「米穀配給統制規則」，要求州廳對各地米穀同業組合進行指導，控管米穀流通，更要求他們配合制定買賣價格等。一番瀨是州廳知事，因此一直得擔任「臺灣米穀移出管理委員會」的委員。

此外，從一九三九年開始，日本內閣訂定每月一日為「興亞奉公日」，學校與各級機關都要從事許多表現愛國奉公精神的活動，像是升國旗、參拜神社、勞動服務、遙拜皇城等等。來到臺南之後，一番瀨也會指示同仁依循慣例，在臺南州廳正門口，從右側高處垂降大幅的「興亞奉公」布條，讓所有路過臺南市中心的民眾，在行走之間都無法忽視國家正在宣傳的口號。

但是一九四一年起，戰爭對生活的影響變得更加顯著。

首先是四月份，臺灣皇民奉公會於總督府正式成立，希望在內臺一家的精神下，讓人民生活貫徹皇民精神。各級地方官僚都會兼任地方的組織首長，一番瀨佳雄也不例外，他必須擔任州支部的會長，透過這個組織協助宣導政令、調度戰爭物資與勞力、赴各地指導宣傳活動等等。至於糧食政策，也從原先只是指導、控管，變成對米穀及其他糧食的收購與總配給。

接著是年底，戰爭情勢出現劇烈轉折。

一九四一年十二月八日，南臺灣天氣終日陰霾。日本無預警襲擊了美國在夏威夷珍珠灣（珍珠港）的海軍基地，導致原先僅是援助中國的美國也加入對日作戰。這一天，全臺灣的人都會從報紙與廣播中接收到大篇幅的報導。一番瀨佳雄肯定也有預感，接下來的日子會過得越來越緊繃，因為隨之而來的是三天兩頭一次空襲警報，臺灣隨時都可能被駐在菲律賓的美軍反擊。所幸南臺灣這幾日天候不佳，真正的空襲沒有發生，但天災卻突然降臨。

「興亞奉公」的標語高懸於州廳正面，突顯此時期日本政府的治臺政策。（引自國立臺灣文學館出版，《舊建築新生命：從臺南州廳到國立臺灣文學館》）

就在珍珠港事件後的十天，十二月十七日，居住在臺南州北門郡佳里街的吳新榮，在日記中寫下了前一天晚上發生的事：他和郭水潭等人散步去西美樓，找了幾位朋友一起點菜點酒，談了一個晚上，但戰時有宵禁管制，於是還得趕回防衛團西分團本部出席點名，回家後吃了點米糕才上床睡覺。但睡著睡著，他忽然被窗戶震動的聲音吵醒——原來是劇烈的地震，他趕緊帶家人到後院避難。雖然知道只是地震，但因為處在空襲警戒的狀態下，讓他更覺不安。劇烈的晃動之後，電線被扯斷，時鐘停擺在四點半，東北方的天空有點泛紅。到了早上，他才開始聽到街巷間的傳聞，似乎災情有點慘重。

住在臺中霧峰的林獻堂也在日記中寫道，當晚地震時他就緊急起床，幾乎站不住腳，在停電的黑暗中，只一直聽到杯瓶墜落的聲音。早上檢查房屋，發現樓上中脊倒壞。姪子林夔龍還跟他分享，前天晚上因為擔任防空團團長，在役場守夜，人在二樓的夔龍怕房屋倒塌，趕緊摸著牆角下樓，結果牆還真的倒了一處，差點被壓傷。

他們在日記中寫到的這場地震，是號稱日治臺灣史上三大震災之一的中埔地震。震央位在當年屬於臺南州的嘉義中埔，這是一場芮氏規模七．一、全臺有感的地震，整個臺南州都在強震範圍。

一番瀨佳雄肯定也和他們一樣在強震中驚醒，在劇烈聲響與深夜停電的狀況下，瞬間生起敵人來襲的錯覺。他肯定一大早就坐鎮州廳，利用上班沿途看看災情嚴重與否。當他的座車來到兒玉圓環，他可能會稍微鬆一口氣，因為臺南市區看起來沒有什麼災情，而他辦公的州廳依然華麗而氣派，顯然這是一座設計精良的建築，主體結構沒有受到太大的損壞。

他進州廳大門後，或許沒有直接上到二樓的辦公室，而是右轉去到警務課，了解州轄各地警察署、警察課回報的狀況。整個警務課忙得不可開交，有人在打電話、有人在彙整記錄資料，也有人正回報災情，再傳達長官指示。警務部長小野田快雄也早就在現場指揮，看到長官出現，趕緊向他報告目前得知的消息。

一番瀨的表情可能會越來越沉重，因為臺南市以外的地區，災情比想像中慘重。這場地震一共造成全臺灣四千五百二十戶全倒，六千九百一十戶半倒，還有上萬戶嚴重損壞，三萬多戶小型損壞，三百多人死亡，七百多人受傷，其中以嘉義、新營、斗六死傷最為慘重，草嶺地區甚至發生大型山崩。

此刻，一番瀨正小跑步上樓，回辦公室打電話到總督府，報告他所理解的災情。

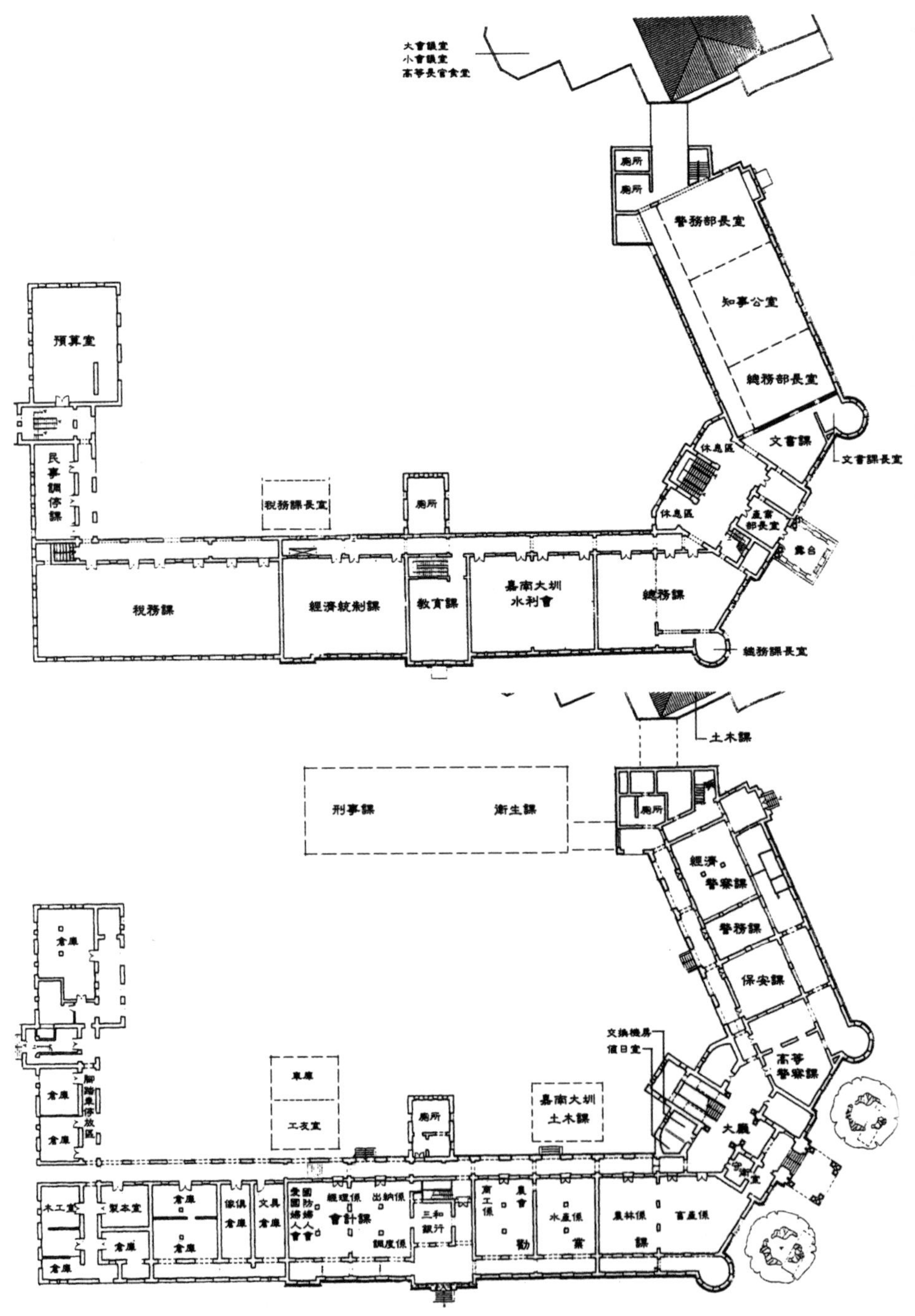

1942 年左右的臺南州廳建築平面圖。（沈吳足女士口述，引自國立文化資產保存研究中心籌備處出版，《舊台南州廳建築生命史筆記書》）

參考資料

《尋南紀事》紀錄片，網址：https://www.youtube.com/watch?v=CnIR0c5rZ_I。

中央研究院臺灣史研究所「臺灣日記知識庫」，網址：https://taco.ith.sinica.edu.tw/tdk/%E9%A6%96%E9%A0%81。

岡本真希子著，郭婷玉等譯，《殖民地官僚政治史：朝鮮、臺灣總督府與日本帝國（三冊）》（臺北：國立臺灣大學出版中心，2019 年）。

徐明同，《日治時期三大災害第震紀要》（臺北：財團法人中興工程科技研究發展基金會，2005 年）。

蔡承豪，〈戰爭時期的糧食管制〉，《臺灣學通訊》第 136 期，2024 年 3 月。

空襲

雖然幸運躲過了那年的地震，但我最終沒能逃過空襲。

一九四五年三月，盟軍轟炸臺南上空，我成了最主要的標靶，附近的兩廣會館、孔廟、林百貨也都難以倖免，幾乎被摧毀殆盡，而僅餘斷垣殘壁的我，更是難以辨識原來的樣貌。

戰後數年，這裡如同廢墟。儘管這座城市逐漸復興、日子慢慢步上軌道，人們卻也自顧不暇，無力為我多做些什麼，我就這樣度過了漫漫的荒廢時期。直到一九四九年，一批操著不同口音、穿著不同制服的軍人進駐，在克難的環境裡重新整修原本稱為「臺南州廳」的我，並改稱「空軍供應司令部」，我的時間才終於又流動了起來。

空襲後的臺南州廳滿目瘡痍，僅餘牆面，直到 1949 年空軍供應司令部進駐前都是一座廢墟。（引自國立文化資產保存研究中心籌備處出版，《老建築新生命》）

1945 年 3 月，臺南州廳遭盟軍飛機空襲投擲燒夷彈，建築幾乎毀於一旦。（《臺南市志稿‧卷首》，國立臺灣文學館典藏）

1949 — 1969

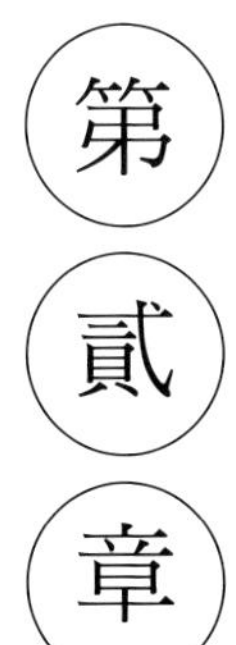

轉場——空軍供應司令部時期

陳令洋

空供部流轉史
——魏崇良與原州廳重修

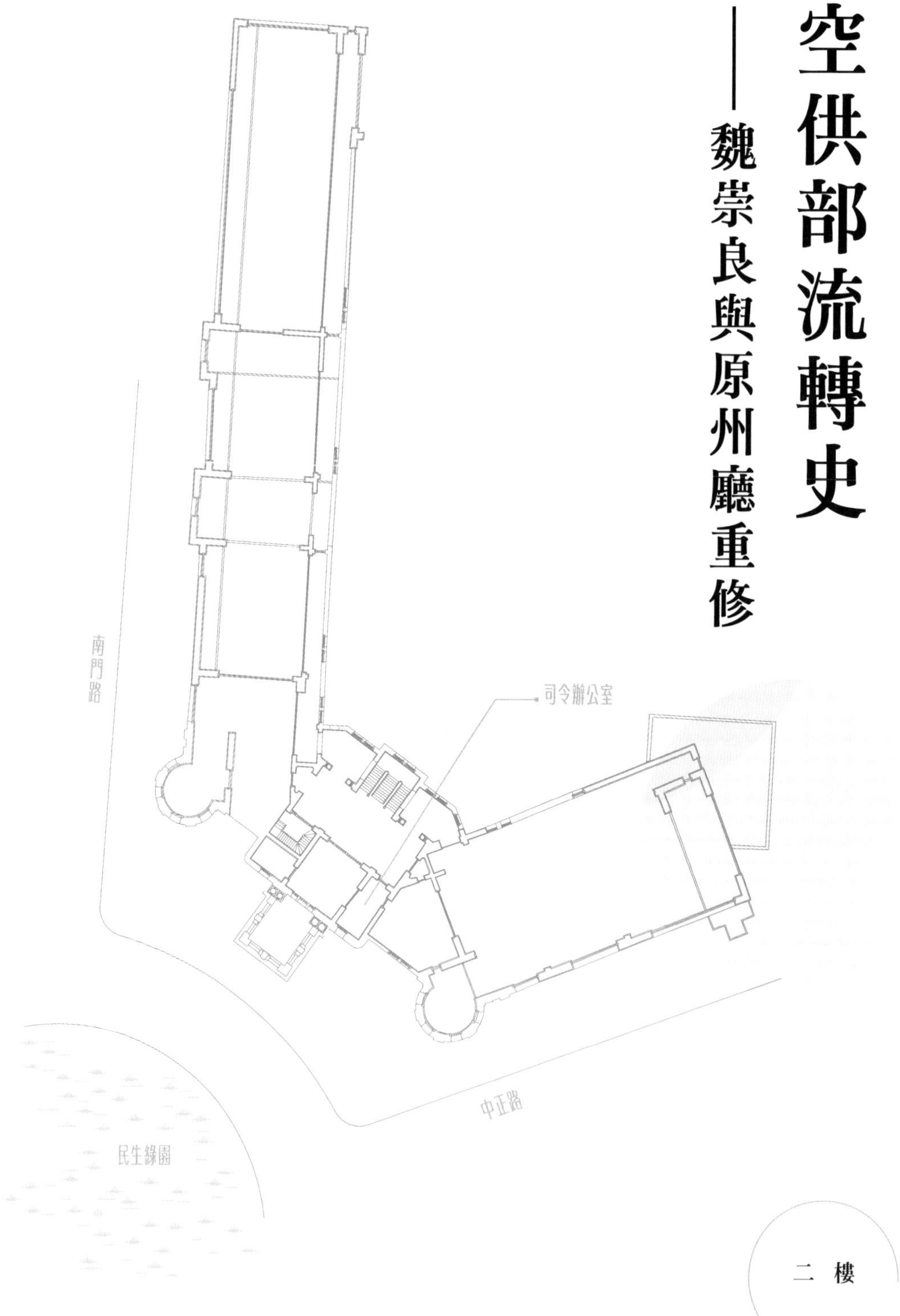

司令辦公室

南門路

中正路

民生綠園

二　樓

一九四九年十二月，新到任不久的中華民國空軍供應司令部司令魏崇良讀到了一件關於民眾郭天福來函的公文——嚴格來說，郭天福不是一般民眾，他是空供部的「房東」。來函雖然完整交代了來龍去脈，但對魏崇良而言，歸納起來只有一句話：能不能把租金調漲到新臺幣一千元？

魏崇良當下的反應大概是：這傢伙太不長眼了。

現在是什麼時節？中華民國國軍正在國共內戰中面臨全面潰敗，中央政府才剛跨海遷到臺北，大批軍隊跟移民短時間內湧進臺灣，正是人心惶惶的時刻。在這個節骨眼，郭天福來跟空供部討漲租金，在魏崇良看來或許覺得是在趁火打劫。

於是他只在公文上批了「礙難照辦」。

空供部此時駐在的地點，其實原本是郭天福經營的「招仙閣」，這是一間位在臺南市中正路上的酒家，日治時期以「支那菜」聞名，也是過往達官顯要與文人墨客重要的社交場所之一。兩年多前臺灣發生二二八事件，郭天福遭到臺南綏靖司令部拘押，雖然不久後就被釋放，但招仙閣卻在他被關押期間，遭到中國青年軍二〇五師佔用。

郭天福大概可以理解他的房子被相中的原因。大批部隊暫時移駐本地，政府一時間找不到公共空間容納，「借用」現有的民房一用是十分「合理」的選項。然而，臺南市區普遍的矮房空間有限，他的招仙閣卻有整整四層樓，廚房、隔間應有盡有，在這一帶恐怕找不到更好的地方了。但私人的酒家被部隊佔用，這是郭天福做了大半輩子生意不曾想過的事情。於是他積極聯繫陸軍訓練司令部、臺灣省警備司令部，終於透過上級機關的力量迫使駐軍遷離，並趁機將招仙閣整修一番，準備重新營業。

沒想到陸軍前腳離開，空軍後腳就到。

原來國軍早在一九四八年間便初露敗象，眼看共軍就要渡過長江，中央政府不得不開始討論，接下來要像抗日一樣往西南或西北撤守，或者往東向臺灣「轉進」。後來的歷史大家都不陌生，轉進臺灣的主張佔了上風。但在一九四九年底的大撤退之前，空軍早已開始行動，把空軍學校、航空工業等機構迅速移轉到臺灣。

這是因為空軍本來機動性就高，有需要的時候再飛赴戰場即可，沒有必要讓基地與設備留在前線。此時共軍在海、空方面的實力遠不及國軍，多了海峽作為屏障，可以確保空軍的優勢。更重要的是，相較於其他地區，臺灣擁有日本政府遺留的各類航空資材、基礎建設與技術人才，更有助於空軍維持住軍備的補給。

而臺南從日治時期就是日本空軍重要據點，除了有可供戰機起降的臺南機場、充足的宿舍群，所存的日軍航空隊倉庫數量更是全臺之最。於是負責後勤工作的空供部相中了臺南，但是一時之間找不到合適的辦公處所，當時的司令王衛民打聽到二〇五師正要從招仙閣撤出，便立刻帶著部隊把這個地方佔下來。這時是一九四八年的七月。

後排中央即為時任空軍供應司令部司令的魏崇良。（空軍保修指揮部提供）

一年多後，魏崇良剛以上校軍階轉任空供部司令時，或許曾經聽聞同仁說起前任司令王衛民如何跟郭天福談條件。

當時雙方說好，空供部用一億五千萬作為押金，每月再付八十萬的租金給郭天福，彌補他花錢整修又不能營業的損失。

（魏崇良乍聽可能會在心裡暗想，這司令恐怕難當了，司令部真的能支應每月這麼大筆的開銷嗎？）

但向他報告的下屬肯定看出他的憂慮，急忙補充：簽約時候說的八十萬元是舊臺幣，但這幾年臺灣通貨膨脹嚴重，今年六月發行新臺幣之後，舊幣換新幣是四萬元換一元。所以八十萬的舊臺幣，現在只要付二十元就可以了——這就是郭天福來函討漲租金的原因。

二十元確實不大，但現在是什麼時節？魏崇良思忖的可能是，可不可以連錢都不要付。因此其實從一九四九年十一月後，郭天福就再也沒有收過來自空供部的租金了。

不過，魏崇良也沒有打算一直待在招仙閣，時局演變至此，部隊顯然要在臺灣待上一段時間，總得安排正式一點的空間。假設政府的計畫是幾年內就要反攻大陸，現在建新大樓也只是浪費資源。於是他順著中正路，考慮起位在圓環的原臺南州廳。這座建築雖仍佔據城市的核心位置，但戰後卻已成廢墟。每當他的座車要前往臺南車站，總會沿著中正路通到圓環，這座廢墟就會引起他的注意。

他也曾是一位優秀的空軍飛行員，當他看到那些斷垣殘壁時，幾乎可以猜想這裡曾經遭遇什麼樣的攻擊，縱使他並不清楚那些細節。

魏崇良可能會想，原來當年盟軍的捷報有多令人振奮，如今我們就得花多少力氣修復破敗的城市。不過戰爭就是如此，戰士的愛與恨都歸國家所有。過去讓盟軍任意摧殘過的敵人，幾年內變成摯愛的國人同胞；當年恨不得全都炸毀的機場、裝備、基地、宿舍，如今都變成保衛中華民國政權的國本；當時住著他的敵人的日本海軍航空隊宿舍「水交社」，如今是他安身的地方。而現在他則必須思考，以前的州廳建築容得下多少兵？修起來要花多少錢？

一九五〇年底，空供部完成了原臺南州廳的修建工程：原本標誌性的馬薩屋頂，僅以桁架斜屋頂簡單重建，並採用偶柱式的西式屋架支撐；兩側衛塔的圓頂也改為平頂。重要的門窗、大廳的柱子都重新修建過，但並不考慮建築整體風格，柱子的收頭突兀一些無妨，外圍摧毀殆盡的女兒牆也乾脆棄置不修，使用的瓦材（鬼瓦、棟瓦）同樣與原先的日式屋瓦大相逕庭。

但魏崇良不追求復原，他只想帶著部隊趕快進駐新的空間。

原臺南州廳修建後即由空軍進駐。（空軍保修指揮部提供）

當時因陋就簡，將馬薩屋頂整修為斜屋頂，衛塔的圓頂亦不復見。（引自國立臺灣文學館出版，《舊建築新生命：從臺南州廳到國立臺灣文學館》）

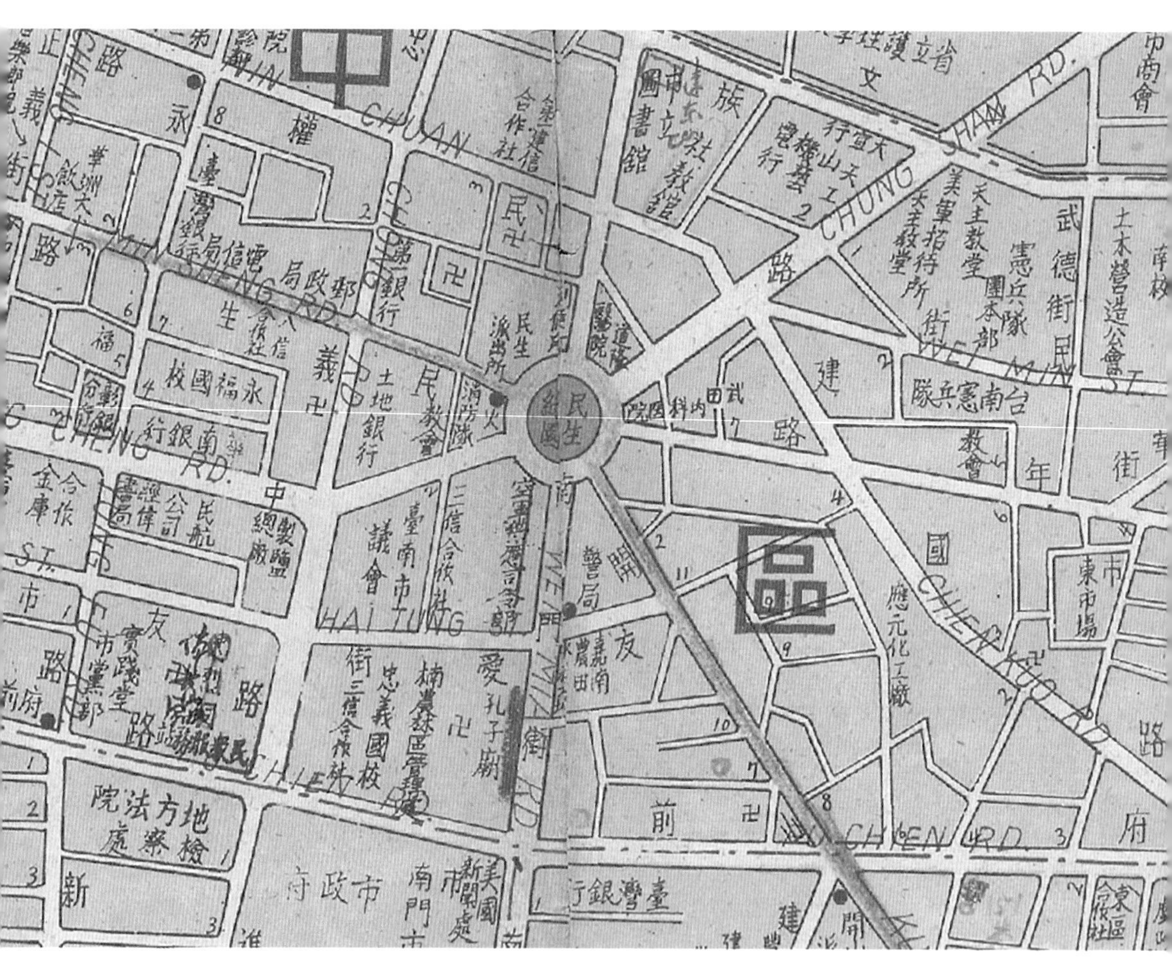

1959 年的空軍供應司令部及其周邊街區圖。（《臺南市街圖》，「臺南市百年歷史地圖」，中央研究院人社中心 GIS 專題中心）

魏崇良是杭州筧橋中央航校的第一期畢業生，是中國一九三〇年代第一批透過專業組織、基地訓練出來的大規模空軍人才之一，幾乎見證中國的空軍如何從無到有，但也見識過中國的空軍是如何地孱弱，二戰期間，他們幾乎只能以數量稀少的戰鬥機在國土內做無力的抵抗。僅有的幾次跨海轟炸，都是在外國力量的協助下完成，而他的同期弟兄有近半數在空戰中殉難。能夠活到現在，除了運氣以外，或許和他的強項突出於人力安排與資源調度有關。他在少校時期擔任的是航空委員會人事處科員、作戰參謀，升上校以後曾經做過勤務大隊隊長，調任空供部前，則是擔任掌管人事的空軍總司令部第一署署長。他深知如何把資源做最充分的運用，也知道軍心士氣才是最重要的資產。

空供部遷移新址以後，終於擁有一座大禮堂，可以辦理各式各樣的活動，像是空供部自己的康樂競賽、國軍經常性藝工隊的勞軍，每逢總統誕辰、總統連任，便可以藉著機會演幾齣平劇。部隊同袍要結婚了，就在這裡舉辦聯合婚禮；想要和在地居民打好關係，就在這裡辦一些軍民聯歡晚會。原州廳的正面二樓，或許因為景觀絕佳，成為了迎賓室，每回有美軍顧問團來訪，就有像樣的地方可以接待。

有趣的是，即便空供部有了新空間，魏崇良仍然沒有把招仙閣還給郭天福，反而把它交給空軍新生社，辦理軍隊康樂業務。畢竟這麼大批軍人來到臺灣，大家都充滿著恐懼、思鄉、苦悶的情緒。如果不給他們一點紓壓的空間，反而容易惹出麻煩。

二樓銜接露臺的空間從州廳到舊市府時期都曾被當成迎賓的會客室，空供部時期也曾經是美軍顧問團的辦公場所。（空軍保修指揮部提供）

空軍供應司令部內辦公的情形。（空軍保修指揮部提供）

不過，新生社又把這個空間分別轉租給不同店家，於是這裡開始出現酒吧、撞球間、百貨店、鐘錶行、理髮店、音樂茶座等等。從軍方的角度來看，這大概可以視為對軍人心理的照顧，縱使這樣的轉租並不合法，搞不好有人能從中牟利，上級也不打算處理。

這在郭天福看來很不是滋味，因為空供部明明就已經有了去處，卻還是佔著他的民房不放，甚至還收租當起二房東。

於是他再度去函，這次他要求解除租約。

魏崇良仍然不予理會。在他眼中，國難當前，讓下屬過上舒服一點的日子、為國庫省下一些費用才是要緊的事，至於有些老百姓會因此犧牲權益，則不在他考量的範圍。他以空供部曾經付出巨額押金、租約沒有道理片面終止為由，就這樣繼續用下去了。

郭天福當然不甘心，一狀告上了監察院，最後此事於一九五二年成立糾舉案。監委認為魏崇良違反租約、圖利商人，損害空軍信譽，將他移送國防部依法辦理。但魏崇良可能沒有受到進一步的責任追究，隔年照樣高升少將，此後仕途依然平步青雲。但郭天福應當要回了他的房子，因為後來臺南空軍新生社轉而進駐原臺南警察署。

就這樣，空供部和它的新生社進駐了臺南市中心，每逢「總統蔣公」誕辰以及每次連任總統，空供部也會走上大街跟著全國軍民一起遊行，吸引民眾旁觀。這是國共對峙、戒嚴年代的特殊風景，說不定郭天福也曾經來湊過熱鬧呢。

參考資料

民國歷史文化學社編輯部編著，《關鍵年代：空軍一九四九年鑑（一）》（臺北：民國歷史文化學社，2020 年）。

衣復恩，《我的回憶》（臺北：立青文教基金會，2011 年）。

金智，〈中華民國空軍在遷台初期的整建與發展〉，《中華軍史學會會刊》，第 16 卷（2011 年 10 月），頁 171-201。

金智，〈走過時空記憶的台南空軍基地〉，《中華軍史學會會刊》，第 17 卷（2012 年 10 月），頁 25-56。

范勝雄、陳柏森、黃斌、傅朝卿，《舊建築新生命：從臺南州廳到國立臺灣文學館》（臺南：國立臺灣文學館，2011 年）。

陳錦昌，《蔣中正遷台記》（臺北：遠足文化，2004 年）。

黃雯娟，〈命名的規範：臺南市街路命名的文化政治〉，《臺灣史研究》，第 21 卷第 4 期（2014 年 12 月），頁 147-186。

曾令毅，《近代臺灣航空與軍需產業的發展及技術轉型（1920s-1960s）》（臺北：國立臺灣師範大學歷史學系博士論文，2018 年）。

監察院，《監察院第一屆人權保障案件選輯第一冊（1950-1971 年）》。

蕭文，《水交社記憶》（臺北：臺灣商務，2014 年）。

藍蔚台，〈千秋風範仰斯人——空軍上將魏崇良誌〉，《廣東文獻》，第 40 卷第 4 期（2012 年 10 月），頁 43-51。

返鄉臺南再出發

——舞蹈家林香芸的演藝之路

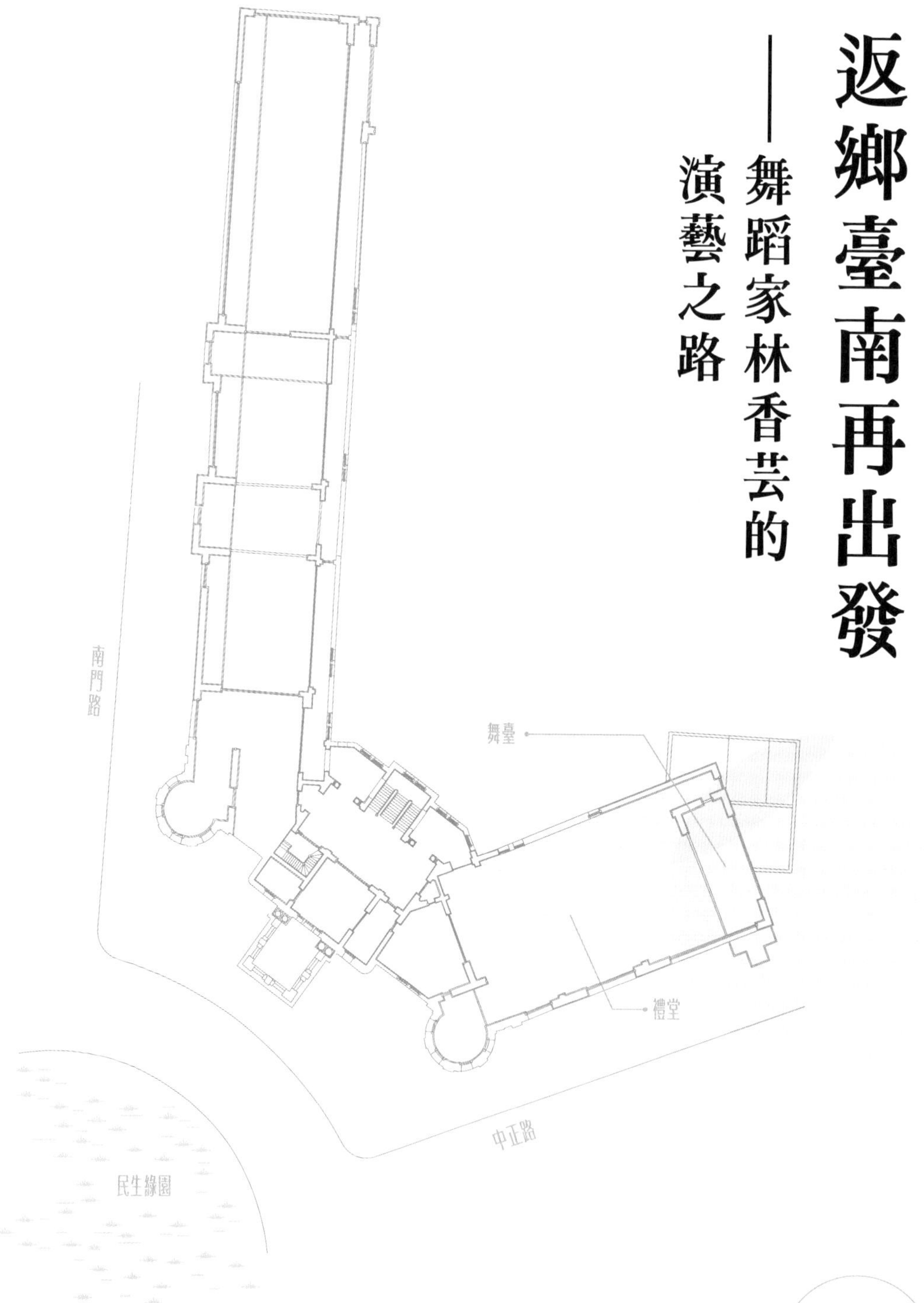

二 樓

一九六〇至八〇年代間，大型音樂舞蹈劇團曾經在臺灣蔚為風潮，這種結合歌唱、舞蹈、戲劇的表演形式，必須搭配動輒數十人站上舞臺的龐大陣容，且每位演出者要不停更換華麗服飾，各種燈光、特效得極盡豪華之能事，才能讓觀眾有值回票價的感覺。帶起這股風潮的，是成立於一九六〇年的「芸霞歌舞團」。這個團體的名稱，是從團長林香芸以及副團長王月霞的名字各取一字。王月霞的哥哥是大稻埕商人王振玉，據說因為在五〇年代觀賞了當時經常來臺灣演出的日本歌舞團隊表演，認為臺灣應該也要有個能夠媲美寶塚歌舞團的團體，於是找來習舞的妹妹和她的老師林香芸合作。

芸霞歌舞團的特色和寶塚相似，成員清一色是年輕女性，就算有演出男性角色的需求，也必須由女性來反串。要組織一個這樣的團體，不僅需要強大的組織能力、支應龐大的開銷，更重要的是，這群表演者必須接受全方位的演藝訓練。藉由王振玉提供資金奧援，經費已經不成問題，至於歌、舞、劇的全方位訓練，林香芸過去的演藝經驗則全數派上用場。

林香芸是一位有創作意識的舞蹈家，對於雅致的芭蕾、中國傳統戲曲都十分熟悉，也非常熱衷於教學。芸霞歌舞團對她而言是針對大眾的演出，也是維持生計的方式，因此這樣的演出完全不忌通俗，甚至在反共抗俄的年代，也要適時呼應國策，納入政府五〇年代以來推動的「民族舞蹈」元素，在歌舞表演中穿插有臺灣各族群色彩的橋段。由於拿捏得宜，每次演出都座無虛席。

事實上，林香芸在四〇年代就已經有參與歌舞團表演的經驗了，那時她和自己的母親林氏好一同組成「南星歌舞團」，在中國東北巡演勞軍，回到臺灣之後也曾經復團。在戰爭的年代，勞軍是演藝人員重要的收入來源，也是累積知名度最為快速的方式。國軍向來視勞軍為政治作戰的一環，因此軍中其實從二戰以來就有抗敵演出宣傳隊，透過戲劇、歌曲、文字、圖畫等方式，一面宣傳、一面透過慰勞服務提振士氣。國民政府遷臺之後，國防部更成立「康樂總隊」，除了整編既有的文康團隊，執行宣慰三軍之外，也會被賦予跨國的僑胞宣慰、成立各地的康樂中心等任務。即使如此，與外部演藝團體的配合仍然十分重要，國防部也會籌劃邀請演藝歌手到軍中演出。不過，在林香芸成立芸霞歌舞團之前，五〇年代的她，只是一位四處巡演、教學，努力謀生的返鄉舞蹈家。

舞遍東亞的青春歲月

林香芸十歲那一年，林氏好決定將她帶到東京，隨後舉家遷居日本。

她的童年過得並不順遂，養父盧丙丁是臺南知名的社運人士，卻在三〇年代因為罹患漢生病與養母林氏好離婚，後來杳無音訊。扛起家中生計的林氏好於是轉行，踏入當時新興的流行音樂產業，成為第一代流行歌手。由於拜師的關係，林氏好決定前往東京，隨後又帶上家人。

於空軍供應司令部禮堂舉辦的勞軍活動。勞軍是政治作戰的一環，一方面用來宣傳國策，另一方面則藉以提振士氣，空供部自然不例外。（空軍保修指揮部提供）

林香芸很早就被林氏好培養出演藝方面的才能，在神奈川縣就讀橘高等女校期間，便已通過層層選拔，進入松竹大船攝影所的俳優專門學校接受演藝訓練。松竹株式會社雖然以電影製作聞名，但他們的事業版圖其實橫跨各種戲劇工作，從十九世紀末期創業之初，就涉足包括歌舞伎、歌劇、相聲等方面的表演與場所經營。林香芸在此得到了全方位的訓練，歌唱只是基本功，她還必須學習芭蕾舞、日本舞、茶道、儀態等課程，在重重考驗之下，終於在一九四一年取得日本內務省演技驗定及格，成為一個合格合法的演藝人員。

除了俳優專門學校以外，林香芸還曾進入「小澤恂子舞踊研究所」學習舞蹈，不過在日本期間，她仍以廣泛學習演藝才能為主，尚未以舞蹈作為志業。

在她十八歲那一年，第二次世界大戰的戰火已經擴及日本本土，美軍從一九四四年十一月底開始，對東京發動了多次大規模的空襲，造成十多萬人死亡、上百萬人流離失所的慘況。在這樣的環境下，縱使是受過完整而嚴謹的訓練的演藝人員，也難有發揮的空間，林氏好母女自然也必須考慮是否有其他出路。

恰好林香芸在松竹工作期間認識了一位「滿州映畫協會」派駐松竹進行考察學習的人員，透過他的推薦，轉而來到了位在中國東北的滿州國新京市（今長春市）尋求發展。不過這位初出社會的少女，尚未了解到人際經營對演出工作的重要性，因此在滿州發展的初期不太順利。另一方面，因為戰爭導致物資缺乏、物價飆漲，光是表演所需的粉底，就已經漲到將近半臺鋼琴的價格。表演工作的入不敷出，讓她甚至過上一段需要變賣家當才能維生的日子。直到林氏好也來到新京市擔任樂團歌手，才透過管道為她安排了工作。

林香芸在這段期間迷上了中國戲曲，林氏好安排她到一處民間的劇團見習。她特別喜歡看中國戲曲裡的水袖與輕盈的臺步，返家後也常獨自練習，更從中國古典詩詞、經典之中尋找靈感，編成如《昭君怨》一類具有中國色彩的舞作。由於她熟稔各種舞蹈，母親又是當年的絕世美聲，兩個人一唱一舞，開始能變化出更豐富的表演節目。她們組成了「南星歌舞團」，透過大型團體的歌舞表演形式，在新京各地爭取演出機會，並且嘗試教東北的臺灣年輕子弟跳舞，賺取微薄的收入。

林香芸獨照。（林章峯提供，國立臺灣文學館典藏）

不過局勢變化相當迅速，一九四五年八月，日本無條件宣布投降。南星歌舞團的表演事業仍然持續一段時間，只是觀眾換了一群人。她們透過同鄉組織的介紹加入三民主義青年團的勞軍活動，舞遍東北各城市，包括長春、遼寧、瀋陽等，都有她們的足跡。不過，戰後初期滯留東北的臺灣人在政治處境上有些尷尬，雖然同為「戰勝國」的國民，但對於當地的中國人而言，臺灣人卻又是「前日本國民」，不免會受到一些歧視和污辱，因此許多臺灣人在戰後會選擇回到臺灣。林香芸一家人也在戰後不久，透過美軍的協助，經由海路從基隆登岸，重返故鄉。

從臺南再出發

從林氏好用個人魅力席捲全臺，到林香芸專攻舞蹈，可以和她相互搭配組織歌舞團，這個原先因政治迫害而導致父親缺席的家庭，如今已經蛻變為一個表演團隊，每一個家族成員都是歌舞團隊的成員。約莫在戰後初期，林香芸與她沒有血緣關係的兄長盧友仁成婚，夫婦兩人一同投入家族的表演事業，此後林香芸新編的舞作演出中，也經常會有盧友仁的身影。

返回臺南的那一年，是一九四六年，林香芸已經二十歲了。這座城市的道路結構還是差不多，但歷經戰火摧殘，許多事物已經和過去不同。她或許以為自己要再過上一段如同適應東北的日子。但事實上，這座城市還是記得她。

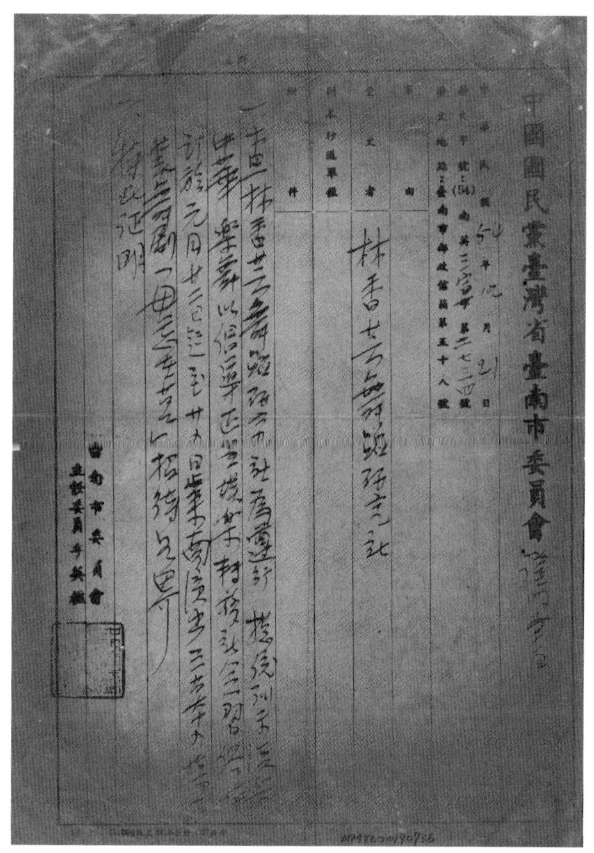

中國國民黨臺灣省臺南市委員會

受文者：林香芸舞蹈研究社

臺南市委員會
主任委員

林香芸舞蹈研究所演出《毋忘在莒》的證明書（影本）與劇目手冊。（林章峯提供，國立臺灣文學館典藏）

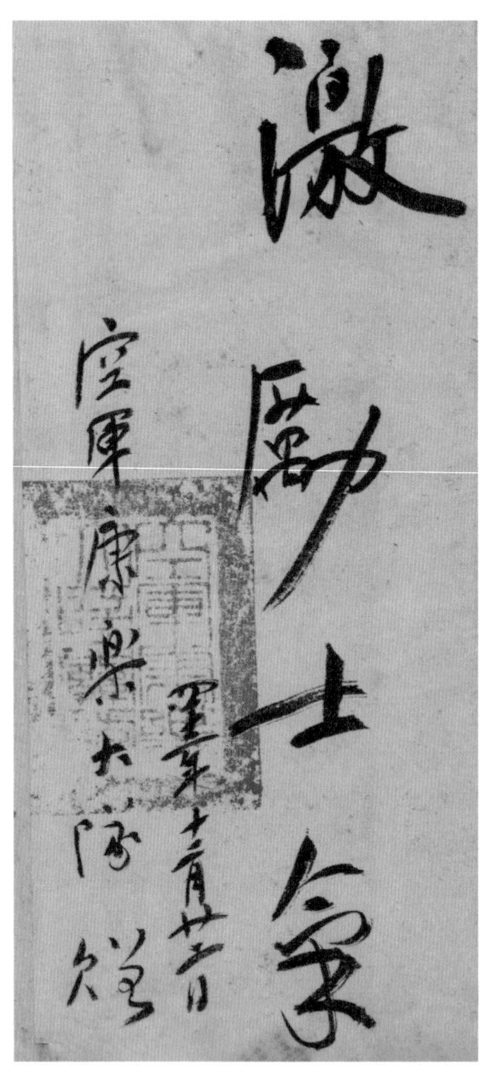

林香芸舞蹈研究所曾獲空軍康樂大隊的感謝狀。
（林章峯提供，國立臺灣文學館典藏）

一九四七年，她在臺南成立了「林香芸舞蹈研究所」，並且和母親一同將「南星歌舞團」在臺復團，積極接下各種公部門、民間企業、勞軍活動的演出。許多盧丙丁與林氏好的故舊，都熱情給予各方面的協助——往後數十年她也將發現，童年缺席的父親已經成為了國民政府口中的「抗日烈士」，藉由紀念盧丙丁的名義，配合演出《毋忘在莒》一類復國主題歌舞劇，可以讓她獲得來自政府的補助。

不過很快地，她又再度離開臺南，輾轉定居北投，並且在和夫婿一同在泰北高中謀得教職。但為了她所熱愛的舞蹈，仍然過著南征北討，四處教學、表演的生活，有意識

林香芸舞蹈研究所於 1956 年赴空軍供應司令部演出之票券。（林章峯提供，國立臺灣文學館典藏）

地透過「南星歌舞團」的通俗演出，與學校的穩定薪資，支持自己的舞蹈創作與教學推廣活動。

一九五六年七月，某日晚上近八點，臺南市空軍供應司令部的大禮堂後臺，林香芸和她的一群學生正在梳妝打扮，為稍後的舞蹈欣賞會進行準備。臺下亂哄哄地一片，操著中國各省口音的官兵正在聚集，放眼望去略顯擁擠。這種氣氛可能會讓她有種回到東北勞軍的錯覺。雖然這裡是她童年記憶裡的故鄉，也是十年前再出發的故鄉，但這個重新被修建過的空間、從中國搬遷來的觀眾，可能會讓她意識到——這座城市終究已經不一樣了。

就像她現在所站的舞臺，在她童年的記憶裡，曾經是一座望之儼然、只能從外頭仰望的行政中心；如今它因為戰火改變了外觀，林香芸卻可以走入建築內部，補齊她對臺南的空間記憶。在建築以外，臺南市雖然還是臺南市，但稱呼變得不太一樣，以前叫作大正町通的現在變成中山路，以前的末廣町通成為了中正路，她住的港町則成為民生路⋯⋯

現在她要登臺了，在故鄉向一群異客表演她自異鄉學來的各式舞步。這一天她可能會演出具有中國色彩的《昭君怨》，讓這些離鄉背井的官兵回味他們熟悉的戲曲舞步與唱腔；也可能再換上西式的舞服，秀一段熱情的《西班牙舞》，為現場帶起歡騰的氣氛。

參考資料

林郁晶，《林香芸：妙舞璀璨自飛揚》（臺北：文建會，2004 年）。

林巧棠，《假如我是一隻海燕：從日治到解嚴，臺灣現代舞的故事》（臺北：衛城出版社，2020 年）。

黃信彰，《工運歌聲反殖民：盧丙丁與林氏好的年代》（臺北：臺北市政府文化局，2010 年）。

鄭美里、王昭文、劉湘吟、吳玲宜、陳明秀、簡扶育、阮愛惠、賴淑娟、伍維婷、李淑君，《女人屐痕 3：百年女史在臺灣：臺灣女性文化地標【增訂版】》（臺北：新自然主義，2019 年）。

陳耀昌，《島之曦》（臺北：遠流，2021 年）。

郭美汶，《芸霞（藝霞）歌舞劇團在台灣舞蹈發展中的存在意義》（臺北：中國文化大學舞蹈研究所，2003 年）。

徐瑋瑩，〈「體」現中國？：1950-1960 年代威權統治下的臺灣民族舞蹈與創作能動性〉，《文化研究》，第 26 期（2018 年 3 月），頁 9-58。

張思菁，《舞蹈身體、論述與能動性：民族舞蹈熱潮在臺灣（1950s-1960s）》（臺北：五南，2019 年）。

吳建昇，〈台南新生社　當年南台灣少數可跳舞的地方〉，《中時新聞網》，網址：https://www.chinatimes.com/newspapers/20230213000550-260309?chdtv（2024 年 6 月 10 日檢索）。

臺灣女人，〈臺灣寶塚：藝霞歌舞劇團〉，《臺灣女人》，網址：https://women.nmth.gov.tw/?p=20053（2024 年 6 月 14 日檢索）。

在大禮堂唱平劇

——老生謝景莘與天馬業餘平劇隊

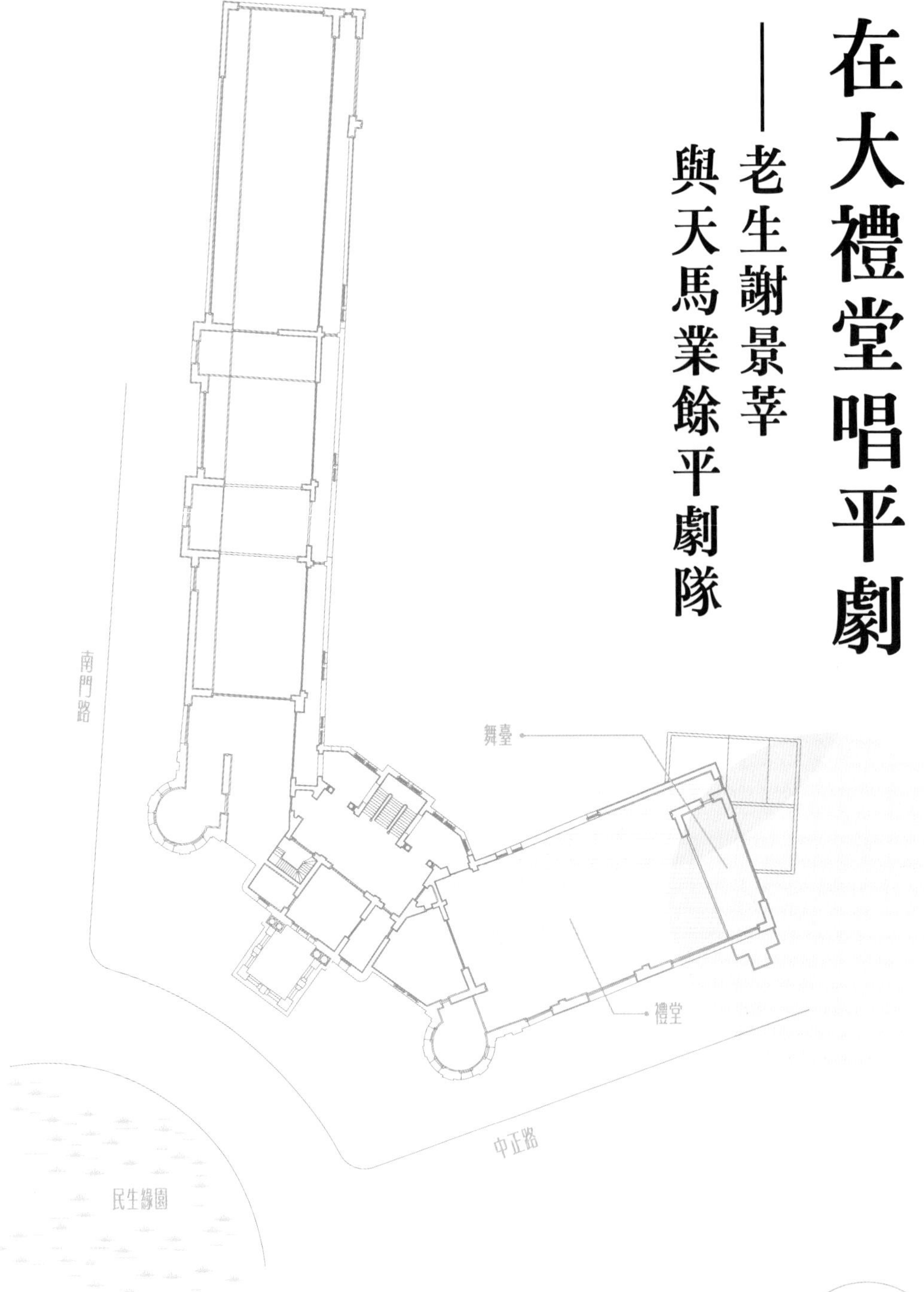

二樓

空軍供應司令部的大禮堂位在建築左翼二樓末端的位置，外頭緊鄰繁華熱鬧的中正路。禮堂舞臺的設計並不特別：兩側各設有一扇拱門，門後就是後臺，平時從臺上擺放兩扇屏風，把後臺空間擋住；舞臺背景則是一面白牆，中央掛著國旗和國父遺像，前頭插著兩排對稱的國旗。舞臺前方固定放置一張講桌。

一九五六年三月二日晚間，天馬平劇隊的隊長許景重站在大禮堂的舞臺下，盯著劇務、檢場、化妝、衣箱等二、三十人各司其職，忙成一片。由於劇隊演出經驗無數，分工、流程經過他長期的檢討與調整，早已不需費心，他只要看著一切是否如常就好。

舞臺上講桌早被撤下，拉起大簾幕，把後臺、國旗跟國父遺像全都遮了起來。後臺空間其實不小，足夠全部演員在此梳畫，近舞臺處還能容下文武場——就是平劇的樂隊，使用打擊樂器為主的人，像是鼓、鑼、鐃鈸一類，被稱作武場；而文場以弦樂為主，通常拉胡琴、月琴、三弦等。

許景重帶領的天馬平劇隊，是一個去年剛拿下國軍康樂大賽冠軍的團隊，雖然是業餘劇隊，每個環節卻都毫不馬虎。平常身為空供部政一科科長的他知道，劇隊和軍隊的經營是一樣的，沒有強韌的後勤系統進行資源調度，將士再怎麼勇猛也無法求勝。所以他自知不擅唱戲，便在臺下扮演指揮調度的角色，讓演員的表現可以得到加乘的效果。

坐在後臺梳畫的演員們，平常都是辦公室裡的同仁（或眷屬），有著各自的軍階與任務，但上妝之後，每個人都換了一張臉，角色與演技將重新定義他們的人生。後來轉為正職演員、成為知名老生的謝景莘，此時也在後臺準備。這年的他不滿三十歲，但豐富的舞臺經驗讓他顯得有些氣定神閒。

這一夜舉辦的是聯誼會，臺下預計會有美軍官兵、僑眷以及地方人士。自從一九五〇年韓戰爆發之後，在「中美共同互助協定草案」的框架下，臺灣早已有為數不少的駐臺美軍，營級以上的單位也都有派駐的美軍顧問團士官督導，長官們總是十分重視與美國人的互動。因此自魏崇良任司令的時候開始，空供部就特別喜歡以平劇表演招待美軍官兵，而且也發展出全臺獨一無二的表演模式，他們會在舞臺旁邊架設中英文字幕，演員的動作唱詞也被要求與字幕緊密搭配，讓觀眾快速理解劇情的進展。此次，他們更將演出劇情英譯，並發送書面說明給外賓，更有效地輔助美國人理解演出內容。

為了讓氣氛更輕鬆，今夜他們選擇的劇目是喜劇《花田錯》。這是一個出自《水滸傳》的故事，講述富人劉德明帶著侍女春蘭，為他的女兒劉玉燕尋訪佳婿，看上即將進京趕考的卞濟，卻因為惡霸周通搶婚，開啟了一連串荒誕逗趣的情節。

謝景莘在同僚間有個綽號叫作「謝眼鏡」，此時為了上妝，他必須卸下平時戴著的厚重眼鏡。稍後待他登臺，眼前的景象勢必模糊不清，臺下的觀眾將成為一片模糊的黑海，屆時，平常充滿國家符號的舞臺將成為他一人的平劇宇宙。憑藉對舞臺與劇情的熟稔度，以及日日苦練而終成輕細的音色，他十分有把握等一下的演出將能準確地出場、站位，表現出如專業演員一般的水準。

空供部的聯歡晚會也會開放民眾共襄盛舉。（空軍保修指揮部提供）

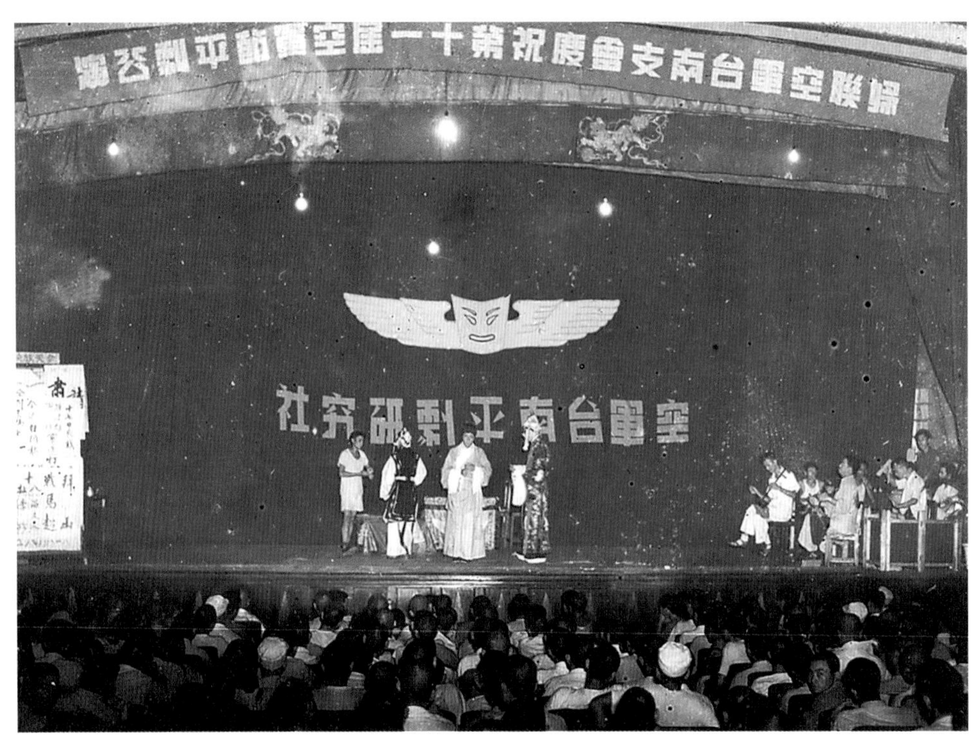

臺南票友大集合

一九五〇年代的臺灣，電視尚不普遍，中國大陸來臺的官兵們最喜歡的娛樂莫過於平劇，不僅愛看，還愛演。因此軍中成立的劇團、劇隊不計其數，由於數量太多、層級太雜，政府甚至出手限制，只有軍團級以上的單位才能夠成立劇團，於是人們較為熟知的三軍劇隊：陸軍「陸光國劇隊」、海軍「海光國劇隊」、空軍「大鵬國劇隊」等，就在歷經各種整併之後陸續成立。這些劇團是職業劇團，成員專職於表演，許多人的背景是來自大陸的演藝工作者。

空軍供應司令部所組織的「空軍臺南平劇研究社」於空供部大禮堂演出情景。（空軍保修指揮部提供）

然而，在職業劇團以外，也有官兵跟軍眷組成的平劇社。空軍供應司令部就是這樣的例子，他們在來臺之初就以提倡正當娛樂的名義，組織了「空軍臺南平劇研究社」，由副司令親任社長，並且在全成戲院、南都大戲院等處舉辦對外公演。

早期劇團成員中就已經有不少「票友」。所謂票友就是指業餘演唱戲曲的人，他們雖然不以平劇維生，卻也可能在戲曲界享有一定的知名度。當然，光是軍中票友仍難以支撐一場完整的表演，恰好戰後滯臺的上海京班「筱京班」，也就是鼎鼎大名的「張家班」來到臺南，經常可以一起加入演出，於是平劇研究社也開始有了幾分專業色彩；除此之外，臺南自日治時期便已存在為數不少的票友與劇團，其中，府城知名文人許丙丁更在戰後組織天南平劇社，劇社成員平時也會與軍中票友相互交流，甚至支援彼此演出，無分省籍，軍民同樂。

不過，讓天馬平劇隊聲名大噪的關鍵，仍是國軍文化康樂大賽。這個活動是由蔣經國所主導的國防部總政治部推動，前身是一九五二年的「軍中文化示範營」，希望倡導「兵寫兵、兵唱兵、兵演兵、兵畫兵」的口號，提升軍隊的文化風氣，由於效果不錯，一九五三年十月份轉而舉辦首屆國軍文化康樂大賽，委由社會上知名人士來做評審，項目當然非常豐富，而平劇在當時被尊為「國劇」，在軍中又風潮正盛，自然成為競賽項目之一。空供部的平劇研究社為了參加康樂大賽，正式改名成立了「天馬平劇隊」，由許景重擔任隊長，當時團隊已有胡夫人等知名票友，因而也得了首屆冠軍。

蟬聯冠軍的業餘劇隊

謝景莘大約就在一九五三年前後從嘉義調任臺南空軍供應司令部，這時的他已在「票友」間有享有一點名氣。他對平劇的迷戀來自從小的耳濡目染，他的家鄉正是平劇的發源地北京，家境據說也相當富裕，看戲與唱戲對他而言是家庭中不可缺少的娛樂。二戰結束的隔年他剛滿十八歲，因投考空軍電子通訊學校而從軍，課餘時間便參加平劇社團，結交行內朋友，學唱經典老戲。一九四〇年代末期隨著空軍來到臺灣時，他最感

隸屬陸軍的「捷豹劇隊」也曾應邀至空供部公演。（空軍保修指揮部提供）

大禮堂的舞臺兩側可見「兵寫兵畫，兵演兵唱」的標語。（空軍保修指揮部提供）

在眷屬同樂會上演出的《一捧雪》，講述的是主角歷經凶險、妻離子散，最終沉冤得雪、一家團聚的故事。（空軍保修指揮部提供）

親切的可能是，原來在這座語言、氣候都令他難以適應的南方海島上，居然可以找到這麼多熱愛平劇的本地朋友！

謝景莘在來到臺南空供部前，應當就已對這裡十分嚮往，單位上有自己的劇隊，又有許多在地票友可以相互切磋，支援演出。更重要的是，臺南是一個擁有許多在地平劇觀眾的城市，他們的演出總是受到熱烈喜愛。

因此在業餘時間裡，謝景莘應當都會步行到空供部附近的忠烈祠，和票友們唱戲練身段。這裡曾經是日本人建立的臺南神社，主祭北白川宮能久親王，如今成為祭祀中華民國英勇先烈的忠烈祠；而他們以此為據點，在不斷地演與唱之間，彷彿能夠召喚自己真正喜愛的、歷代中國的千古風流人物。

在謝景莘到任空供部之後未久，天馬平劇隊就再度於一九五五年的國軍康樂大競賽中拿下冠軍。謝景莘作為團隊要角，自然是賽場上的重要臺柱。但他也必然深刻理解，演戲不是自己一人事，團隊能否相互搭配才是戲劇能否精彩的關鍵。據說一九五五年的那一次康樂大賽，他們在臺北的中山堂參加總決賽，演出了《鎮澶州》，是一場沒有女人的戲，並且要誇大岳家軍的森嚴威風。劇隊一次調集二十幾位士兵，練到動作整齊劃一，在舞臺上快速嚴整地跑龍套上下場，在現場引起一千五百多名觀眾熱烈鼓掌——因為當年戲班演出，從來沒有人會為龍套鼓掌的。此舉據說引發當時的空軍總司令、也是老戲迷的王叔銘將軍在散戲之後，直奔空軍職業的「大鵬劇隊」訓話，要他們檢討龍套如何改進，因而流傳有「天馬一場戲，大鵬挨了罵」的說法。

自從天馬得了冠軍之後，這個原屬業餘性質的劇隊受邀演出不斷，一週最多可以演上八場，一個月下來有二十六天都在演戲，可以說幾乎天天有演出活動。這是屬於平劇的黃金年代，演出地從南到北，不外乎與勞軍有關。空軍總司令部基於他們是常態性的勞軍，甚至直接派出兩架專機，載著他們在基隆到恆春之間巡迴演出。

此後，天馬平劇隊將在康樂大賽中蟬聯冠軍七次，他們總是能在道具、演出方法上謀求改良，吸引觀眾目光。而擅長老生的謝景莘也藉此踏上了專業演員之路，在退役後曾加入大鵬、龍吟等三軍劇隊，最終落腳海光劇隊，成為菊壇名角。

參考資料

《中華日報南部版》，1956 年 3 月 3 日，第 5 版。

毛家華，《京劇二百年史話》（臺北：行政院文建會，1995 年），頁 167。

胡鼎宗，《筆墨餘韻》（臺北：黎明文化，2023 年）。

許丙丁，〈臺南地方戲劇（三）〉，《臺南文化》第 5 卷第 1 期，1956 年 2 月。

曾子玲，〈戰後臺南市區京劇活動現象：以空軍天馬平劇隊與良皇宮雅成社之交流為例〉，《臺陽文史研究》第 2 期，2017 年 1 月。

曾子玲，《台南地區民間京劇活動之研究》（桃園：國立中央大學中國文學系博士論文，2014 年）。

羅揚，〈國軍文化康樂大競賽委員證〉，文化部國家文化記憶庫，網址：https://cmsdb.culture.tw/object/2D814673-D948-44F9-AF39-7878CAC5EA2D（2024 年 8 月 25 日檢索）。

黃建華，〈軍中京劇在臺灣的傳承與發展〉，《復興崗學報》第 115 期，2019 年 12 月。

軍眷的娛樂時代

——空軍子弟的童年回憶

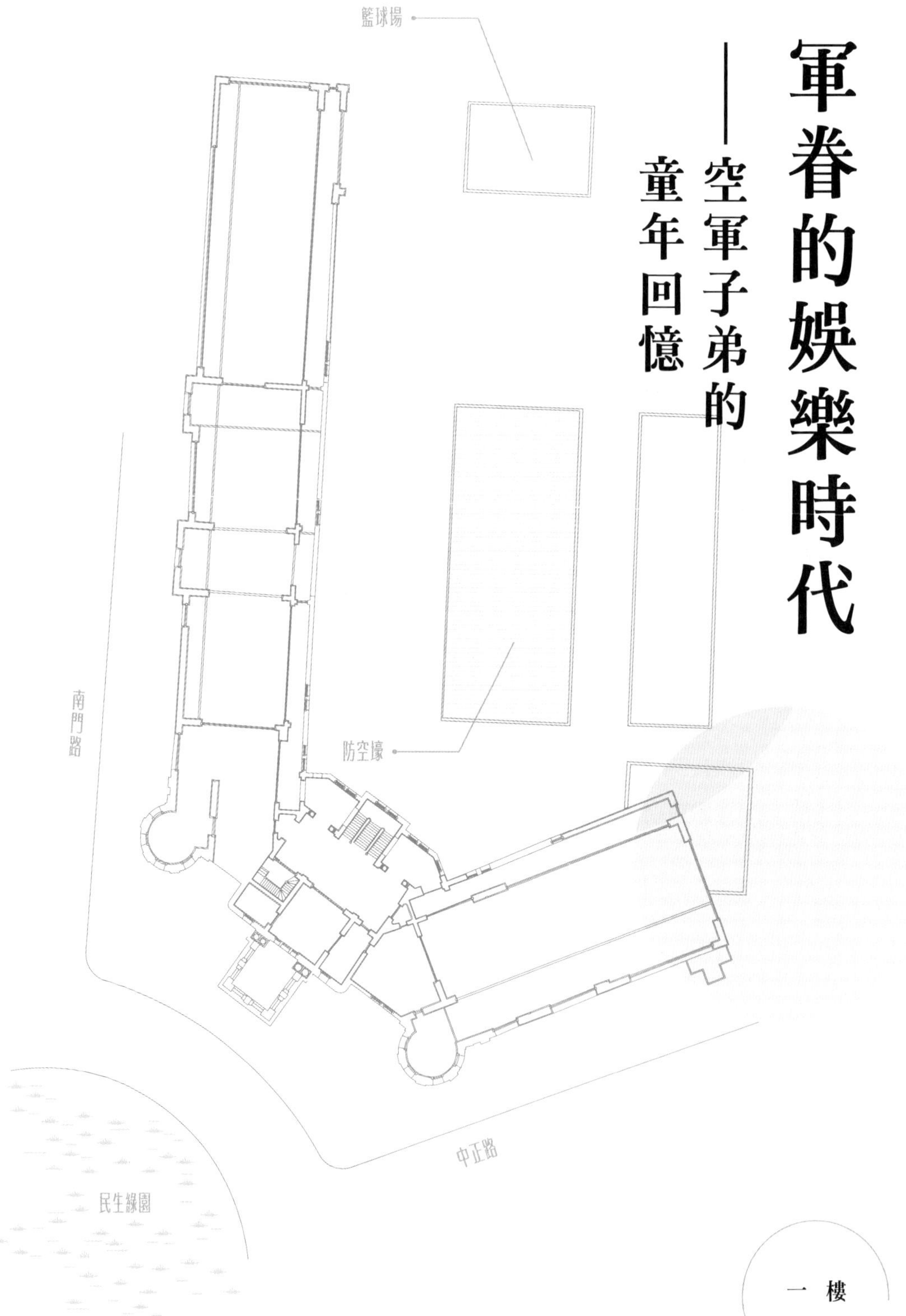

一樓

水交社的所在地，在清國統治時期名為貴子山（今桂子山），位處府城南郊外，是相當荒涼的墳塚區。日治時期隨著都市計畫的擴張，在一九三〇年代被規劃為大型綜合園區，附近興建了野球場、游泳池、綜合運動場與競馬場，並命名為「汐見町」。一九四〇年，日本海軍航空隊進駐「臺南飛行場」，機場由原本的民用改為軍用，主要使用零式戰鬥機的「臺南海軍航空隊」便在此成立。

有了飛行基地，自然會有住宿與娛樂的需求，於是海軍便依照慣例，在飛行場北邊不遠處桶盤淺高地設立了「水交社」，作為高階將佐級軍官與眷屬宿舍。所謂水交社，是日本海軍自十九世紀起設立的軍官交誼組織，功能類似於俱樂部，名稱典故則出自《莊子．山木篇》的「君子之交淡如水」——由於當時的日本帝國並沒有獨立的空軍，而是讓陸軍與海軍擁有各自的航空兵隊，臺南也因為海軍航空隊的進駐，而開啟了往後與空軍千絲萬縷的關聯。因此這裡雖然住著一群飛行員，卻有了一個以「水」為意象的名稱。

戰後，水交社的房舍即刻就有接收臺南機場的空軍長官進駐，直到國共內戰失利、空軍各單位大舉遷臺，因應空軍飛行員多半攜眷來臺，住宿需求大增，於是空軍重新分配這裡的空間，依照軍階與眷屬人數配予不同等級的宿舍。由於現有房舍有限，於是又在周圍空地新建紅磚房舍，幾經擴大，最終成為以日式木製房舍為主的一千多戶大型眷村，即荔宅里、興中里及明德里。

由於當時大家並沒有打算在此久居，部分房舍甚至以蘆葦桿敷泥巴，且初期沒有圍籬，各戶之間沒有明顯的分界，鄰里相通，後來為了有點隱私，家家戶戶才築起竹籬笆，「竹籬笆」也就成為眷村的代名詞。

至於住進水交社的孩童，便會就近進入「臺南空軍子弟學校」就讀。這所學校成立得有些匆促，畢竟是因應接收臺南機場、空供部從上海遷來臺南的官兵子弟有就學需求而成立的，學生大都住在水交社、大林、二空及崇誨四個空軍眷村，因此校舍就借用水交社的日式宿舍，臺南地區的空軍各單位主管就成為學校董事，由空供部司令擔任董事長。這所學校由空軍管理，但體制上並不是軍校，學生也不會接受軍事訓練，只是師資大抵來自軍隊員眷，每位教師都有軍階，女老師則是眷村受過高等教育的媽媽們。

事實上，「空軍子弟學校」全臺各地共有十三所，他們共用校名，也共用校歌。只有因地點不同，而在校名前面綴上地名。這個由空軍主導的學校系統，直到一九六七年因為各校奉令轉移由各地方政府辦理，才分別改以空軍烈士命名，例如臺南空小便為了紀念空軍烈士周志開而改名為志開國小（今志開實驗小學）。

後來的水交社文化學會榮譽理事長姚蓬麟，他的父親曾經任職於空軍供應司令部人事室，母親也曾經擔任過雇員，因此他小時候就住在水交社，就讀的便是臺南空軍子弟學校。

對於父親任職的空供部，他的記憶都與玩樂有關。空供部左翼二樓有一間電影院，每兩天會換一部二輪片。當時的空供部與市議會之間有一座空橋相連，姚蓬麟會穿過兩棟建築之間的小巷，走上空供部的側門入口，上樓進入影院。影院裡頭擺放的都是木頭籐椅，但前後排可能做不出高低差，於是觀眾多的時候，許多人會在後排座位排成一排，站在椅子上看。

當時，如果要從水交社抵達空供部，可以搭乘一班饅頭車型、藍色外漆的交通車，但是要花五毛錢買一張車票。姚蓬麟寧可把這筆錢省下來，憑藉雙腳走到空供部，途中他會順道經過南商實習商店，那是一間木造房屋，他會在那裡花五毛錢買一顆話梅，含一點酸酸鹹鹹的味道，再喜孜孜地走向他的目的地——空供部電影院。

雖說這裡是軍方單位，但影院顯然是委外經營，不只是軍人與軍眷可以購票觀賞，一般民眾也可以買票進入。他曾聽鄰居長輩說，這家影院早期也放許多日本電影，戒嚴時代在空供部看日本電影是很難得的經驗，但在他的記憶中，在這裡看的都是美國電影，像是《十誡》（一九五六）、《賓漢》（一九五九）、《豪勇七蛟龍》（一九六〇）、

空供部時代的大禮堂除了平劇、電影等娛樂活動，也會舉辦舞會。（空軍保修指揮部提供）

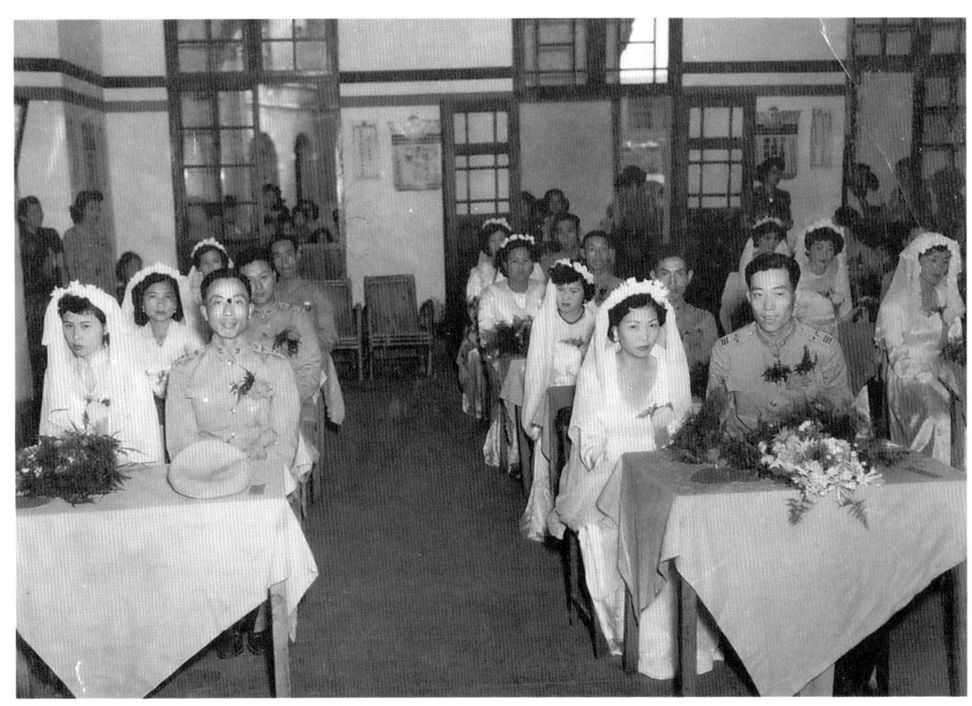

空供部時代所舉行的集團婚禮，如今是重要的集體記憶之一。（空軍保修指揮部提供）

《荒野大鏢客》（一九六四）、《007霹靂彈》（一九六五）。這時畢竟是美援的年代，他的美國文化初體驗或許就從這裡開始。這些電影在臺南的首映多半都在延平戲院，但那裡總是人山人海，空供部雖然人也不少，但至少買票不用排隊。

電影院是大禮堂改裝的，姚蓬麟記得他和他前一屆的空小畢業典禮，都在這裡舉辦。相較於一九六六年自己的畢業典禮，他印象更深的是前一屆，因為當時的徐家騰校長特別商請播放一九五七年的美國電影《櫻花戀》。這是一部講述韓戰時美國空軍戰鬥飛行員愛上日本女演員的故事，男主角是鼎鼎大名的馬龍・白蘭度，演的畢竟是空軍故事，又有跨國的浪漫愛情，很能召喚空軍與軍眷的切身共感與浪漫幻想。

令人難忘的娛樂空間

空供部是許多水交社居民的共同回憶，不過身分不同，關心的事物也不一樣。許多年以後，他們會互相分享彼此對這個空間的記憶，拼湊出過往建築內部的空間分布。

姚蓬麟有位姓張的鄰居，自臺南高工畢業後報考空軍機校，曾任職空供部補給處，對於當年的業務單位，他們的印象都非常深刻。記得一樓有補給處，負責器材申請、分類保管以及發放；二樓有修護處，負責飛機修護、電子裝備等等，其他則是單純負責行政的單位。當時二樓的司令、副司令、參謀長辦公室旁，還有一間很特殊的單位——美軍顧問團辦公室，一九五一年至一九六五年美援時期，美軍顧問團及美軍協防司令部，對中華民國空軍扮演了很重要的角色。

另有一位姓劉的鄰居，與他年齡相仿，只稍長三歲，雖然沒有像他這麼愛看電影，但日後也會向他分享空供部相關的記憶。因為他的爸爸曾經任職空供部，他放學後經常要在空供部等爸爸下班，所以常在這棟建築的其他空間穿梭。大禮堂是所有人的共同回憶，小劉也不例外，這裡除了每週司令會召集部內官兵開會之外，三不五時就有各式勞軍表演，最令他印象深刻的是和父母一起看的話劇表演。

他們擁有記憶的地方，總是關乎玩樂。小劉喜歡去的，是位在一樓的「康樂廳」，他喜歡在那裡吃冰淇淋，廳內經常會有康樂音樂隊，不時演出唱歌、跳舞等節目。或許他不只是喜歡冰淇淋的冰涼與味道，更喜歡感受熱鬧歡樂的氣氛。

他們可能都曾聽過，空供部在接近休息時間，會用廣播播放音樂，那是當時傳唱全臺的〈意難忘〉，由美黛演唱——一位五〇年代因勞軍活動而紅極一時的歌手：

誰在唱呀
遠處輕輕傳來
想念你的想念你的
我愛唱的那一首歌

圓潤的歌喉，字正腔圓的咬字，搭配著悠揚的薩克斯風伴奏，嚴肅的空間瞬間有了

日治時期的防空壕一直保留到戰後，圖為 90 年代末防空壕拆除前的景象。（引自《國定古蹟原台南州廳修復與再利用工程工作報告書》，文化部文化資產局提供）

幾分悠閒的情調。是的，時代已經夠讓人心情緊繃，用一點悠閒來調適是必要的。

除了禮堂、電影院、康樂廳，戶外還有籃球場。在建築右翼靠近友愛街的地方有一座籃球場，每天下午都固定有人在那裡打籃球，籃球場旁邊有幾間小房子，據說週六晚上還會舉辦室內舞會。姚蓬麟本人沒有見過籃球場，卻總是聽同齡的同學提起。娛樂本就是各有所好，或許當年空供部對官兵與軍眷的貼心，正在於讓擁有不同愛好的人，都能找到自己可以獲得快樂的地方。

比起籃球場，令他記憶深刻的是建築中庭偏右的位置，有一棵高大的雨豆樹，那是一種擁有傘型樹冠，具備涼爽綠蔭的樹種。這棵樹植在一座小土丘上（據說是日治時期的防空壕），孩童時代的姚蓬麟喜歡在附近找樂子。他會在樹下灌蟋蟀：撥開地面的小土粒，朝蟋蟀的洞穴灌水，將牠們逼出洞口。在他的童年回憶中，總彷彿可以清晰聽見蟋蟀唧唧唧、唧唧唧的叫聲……

參考資料

蕭文，《水交社記憶》（臺北：臺灣商務，2014 年）。

姚蓬麟，口述歷史訪談（空供部時期），國立臺灣文學館策劃、採訪，2022 年。

我作為「空軍供應司令部」的時光，不知不覺過了二十年。

一九六九年四月，與我朝夕相處的軍人們即將他遷，接著入主的「長官」不再穿著軍服，而是一身筆挺的西裝。他們是市政府的公務人員，從這時起，我便改稱「臺南市政府」。

市政府接管後，又花了大約三百萬元替我增建、整修，雖然門口及兩翼外觀並沒有太大的改變，馬薩屋頂與衛塔圓頂也未能復原，但在後方與孔廟相望的友愛街一側新建了一棟辦公廳，讓我的行政功能愈趨完備，重新擔負起地方行政中樞的角色。

1969 年 4 月，時任空軍供應司令部司令的陳御風將軍與第 6 任臺南市長林錫山辦理交接。（空軍保修指揮部提供）

陳御風與林錫山巡視空軍供應司令部。（引自國立臺灣文學館出版，《舊建築新生命：從臺南州廳到國立臺灣文學館》）

1969 — 1997

百年建築
今昔物語

第參章

激盪——臺南市政府時期

曾彥晏

走自己的路

——第一位本土女性建築師與市長夫人的斜槓人生

南門路

會客室

市長室

會議室

禮堂

中正路

民生綠園

二樓

「夫人，婦聯會委員座車已經抵達市區。」市府職員敲門，走進辦公室對王秀蓮說。王秀蓮冷靜地回覆：「這麼快？你去提醒市長一聲。」心中難以言喻的情緒爬入腦海，她忍不住嘆了口氣。對著穿衣鏡的她心想，事情總有一天要來的，無意識地輕拍一身早已燙熨平整的西式連身裙。

二戰結束後，一九五〇年，空軍供應司令部正式進駐臺南州廳，穿著正裝軍服的人出出入入，州廳在市中心凝成一堵高牆。直至一九六九年四月，因為臺南市議會的決議，空供部遷移，司令陳御風將軍與第六屆臺南市長林錫山辦理交接。林錫山市長夫人，便是我們的主角王秀蓮。

自與林錫山結婚後，王秀蓮便開始了家庭主婦兼建築師的雙軌生活，即使蠟燭兩頭燒，吃苦耐勞的她也總是靈巧而有效率地解決浮現的問題。只是現實的考驗不斷出現，林錫山被國民黨提名參選臺南市長，一九六八年順利當選，王秀蓮即使有千百個不願意，依然必須扮演著「賢內助」的輔佐角色，就像今日與婦女團體的會面行程。

林錫山入主市政府後，臺南州廳的內部空間依據用途，再度做了些許調整。在尚未解嚴的那時，一樓入口處不遠的人事室，是所有職員進入市府、繳交個人資料的報到首站，也有提供市府新聞資料、方便媒體記者使用的新聞室，販售物品的福利社，男性職員與工友夜間輪值的小值日室，與婦聯會的專用辦公室。鄰近二樓市長室的會客室，是

時任臺南市長的林錫山於市府內辦公、做簡報的情形。（《台南市政》第 17 期、第 18 期，文化部國家文化記憶庫典藏）

由美軍顧問團的辦公處改裝而來。此外，州廳後方也新建樓層，擴增了工作空間。

「市長好！夫人好！」剛下車的婦聯會委員臉上堆滿笑容，一陣寒暄。林錫山連忙回應：「委員您好！一路辛苦了，這邊請，請。」同時引導他們進入市府，一行人走向二樓的會客室，開啟社交模式的王秀蓮走在委員旁邊：「聽說臺北最近天氣變涼了，臺南這兒還是很熱，我們準備了涼茶，待會給委員退退火。」「哎呀，夫人您太貼心了。臺南的陽光真是不同凡響，我在車上都領受到那股熱情了。」

由蔣宋美齡成立的中華婦女反共抗俄聯合會在各縣市設立分會，多由機關首長夫人擔任負責人。走過日本殖民政權，來到戰後的黨國體制，不變的父權文化脈絡，女性除了被視為男性附屬，也一樣被賦予了擔任國家後援的責任。對於王秀蓮來說，儘管內心出現孟克吶喊：「我的麻煩真的大啦！」但她從不逃避，一路迂迴前進。

跨越語言的一代

出生於臺南永樂町的王秀蓮，父母在前任配偶過世後帶著孩子再婚，這種因應刻苦環境而生的「合家」家庭，在當時的臺灣並不少見。父母胼手胝足地經營布匹生意，進出布莊的客人形形色色，積累了不靠日本人吃飯的底氣，濃厚的臺灣家庭氣氛，也為王秀蓮帶來潛移默化的影響。

身為市長夫人，王秀蓮經常必須陪同丈夫接待外賓。（家屬提供）

身著套裝接待婦聯會委員的王秀蓮。（家屬提供）

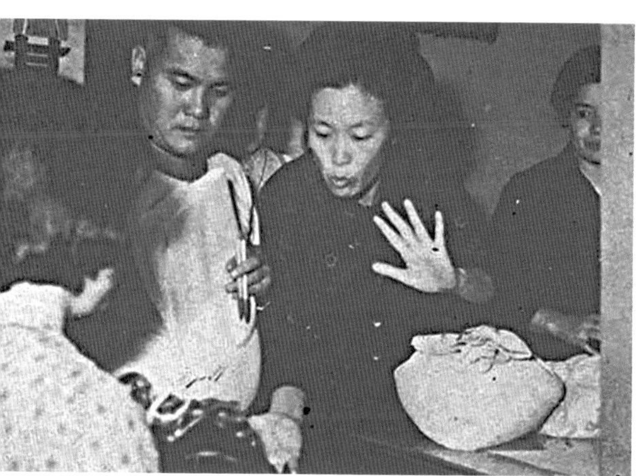

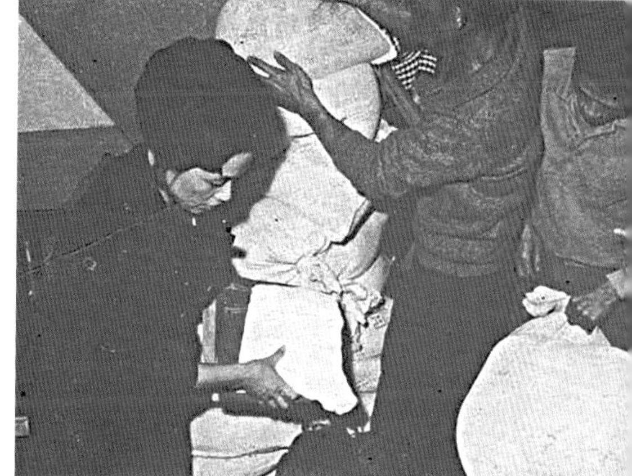

身兼市長夫人與婦聯會臺南市分會主任委員的王秀蓮也肩負各種救濟、賑災與社福工作，當時市府刊物所下的標題為「夫唱婦隨」、「婦女活動不後人」等。（《台南市政》第 17 期，文化部國家文化記憶庫典藏）

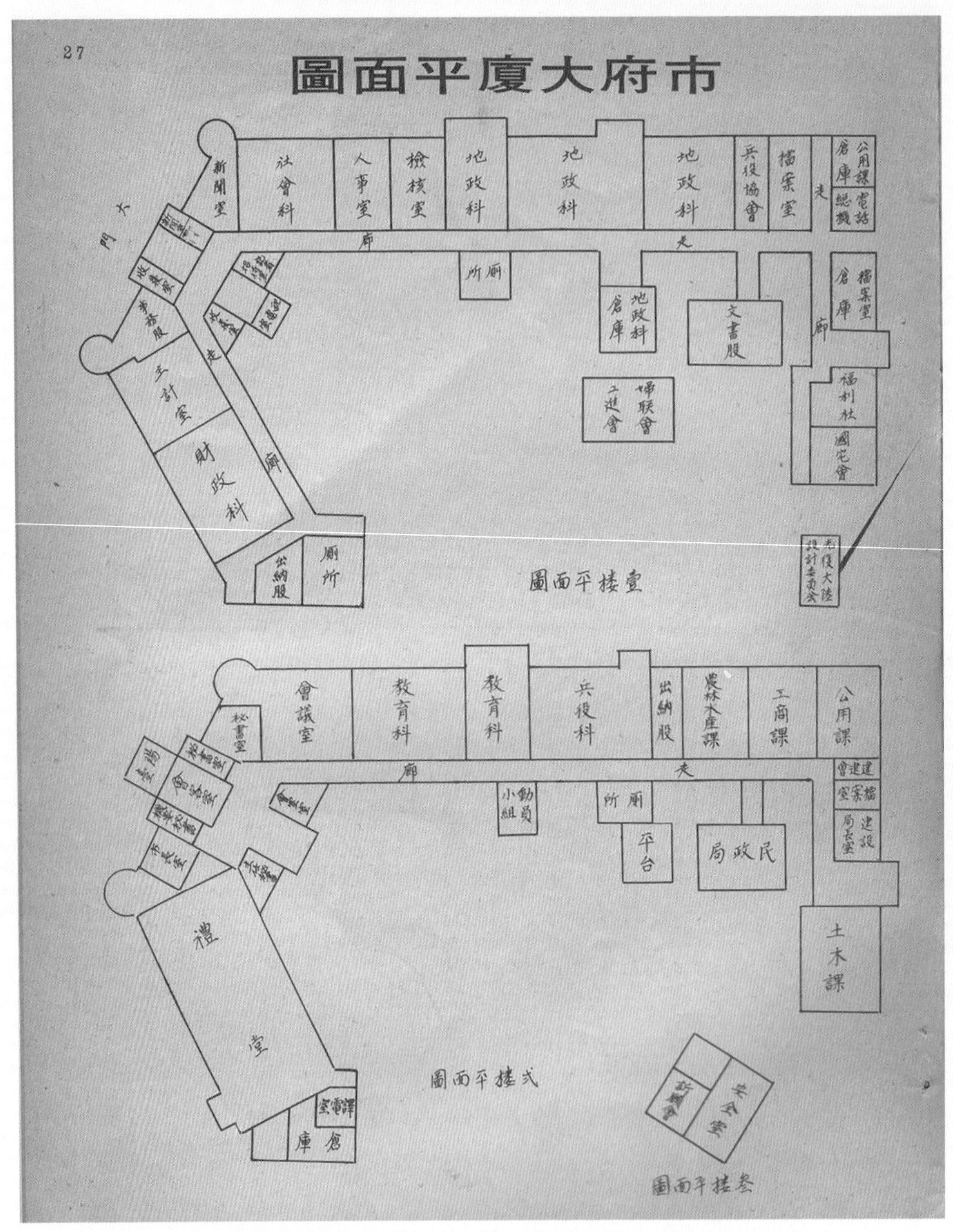

1969 年的市府大廈平面圖。（《台南市政》第 19 期，文化部國家文化記憶庫典藏）

一九四三年，王秀蓮自公學校畢業，極有學習大賦的她考上臺南第二高等女學校，疼愛女兒的父親每次出門總讓手杖一路喀喀作響，深怕旁人不知「床宫的查某囝仔考著高女啊！」，感覺驕傲的同時，也不忘提醒女兒「厝內沒什麼錢，你要讀冊就要打拚，靠自己努力知影嗎？」

隨著太平洋戰況變化，社會氛圍益發緊繃，由上而下的皇民化奉公思想無所不在地沁入人心。對於如此全面而強制的威權控管，有人毫不猶疑地服膺體制，也浮現了各自殊異的不服從言行，認同光譜呈現複雜的樣貌。就像接受完整日本教育的高中生王秀蓮，心中懷著強烈的臺灣認同，想要證明臺灣人不輸給日本人的意志力，驅使她拚命讀書。

一九四五年二戰結束，時代蛻變，臺灣迎來了新的統治者。為了去除日本遺留在這塊土地上的「奴化」痕跡，國民黨政府強勢推動中國化，禁止日語的使用。臺灣人的慣習日常遭受徹底否定，只能從ㄅㄆㄇㄈ學起，在紊亂的局勢中，甚至發生了影響巨大的社會衝突「二二八事件」，及隨之而來的戒嚴高壓統治。

正值青春年華的王秀蓮望著校園景色，靜靜地發呆。她本來快要畢業了，卻因為學制延長，高中還得多讀兩年。她腦中翻轉著各種模糊的想法：「唉，時局這麼亂，真讓人一個頭兩個大！但也沒有辦法……我畢業了要做什麼？一個女孩子可以做什麼？」

滿心以為建築系只要畫畫的王秀蓮，進入臺灣省立工學院（今成功大學），成為首屆女學生之一。入學之後她才曉得還要學習物理、應用力學、結構計算、甚至美學與歷史等，課業壓力繁重，但她仍勉力克服語言問題，認真學習，以第一名的成績畢業。爾後她通過國家建築師高考，獲得執業許可，是當時極為少數接受過高等教育的本土女性菁英。

此後，王秀蓮進入了人生的嶄新階段，除了與大學同學林錫山結婚，也成立秀山建築師事務所，開始獨立接案。婚後的王秀蓮告訴自己「我的主業是主婦」，她幫襯著林錫山，規劃符合首長接待外賓用途的家屋空間，協助市民興建廟宇，安頓骨灰；但她從來沒有放棄過自己的事業，孜孜矻矻地面對委託，設計風格揉合了女性細膩思維，簡潔而實用。

即使如此，在性別意識框架依然穩固的社會裡，作為少見的女性建築師，王秀蓮的設計實績始終得不到應有的正面肯認，名望多數歸於先生，作品完成了也不一定能獲得薪酬。面對如此莫可奈何的狀況，堅定的她依然持續累積，一九六九年，終於獲得建築金鼎獎的肯定，成為該獎籌辦以來首位女性建築師。

「王女士，我們展場在這邊喔。」離開舊市府三十五年了，王秀蓮再度踏進這棟建築，她對著引導的工作人員點點頭，往事幕幕如書籍扉頁在心裡不停翻飛。

臺南市建築師公會於二〇〇八年主辦的「見築」，是經由臺南市政府協調，借用州廳原址舉辦的展覽，展出了多位本土建築師作品，類型多元，除了住宅、地景建築，還有府城歷史建築再利用、社區改造等。此時此處已是專職典藏與展示臺灣文學藏品的國立臺灣文學館，內部空間經過大幅度改建，感覺新奇的王秀蓮，不停觀望這有點熟悉卻又陌生的嶄新建築。

走進時光長廊的王秀蓮，仔細凝望牆上一幅幅的影像，她的作品也在這條通往文資中心的走廊上展出，光影投射，建築相片裡的歲月痕跡霎時立體了起來，原來自己走過了這麼漫長的一段路啊。「您就是王秀蓮老師嗎？」一群學生模樣的青春孩子，突然圍在她左右，「我們是成大建築系的學生，您的作品好棒啊，太厲害了，完成這麼多作品。」「我以後也想當位建築師！」「請幫我簽名！」看著這群眼神閃爍光芒的女孩，王秀蓮不禁微笑了起來。

2008 年，王秀蓮重回當年的舊市府，出席臺南市建築師公會主辦的「見築」特展，於今藝文大廳接受徐岩奇建築師代表公會獻花。（臺南市建築師公會提供）

曾身兼家庭主婦與市長夫人雙重身分的王秀蓮，更是第一位本土女性建築師。（臺南市建築師公會提供）

參考資料

林玉茹、林建廷，《雙城舊事：近代府城與臺北城市生活記憶口述歷史》（臺北：中央研究院臺灣史研究所，2018 年）。

去去，結界走！

——重劃市府空間、打破市政藩籬的大頭市長

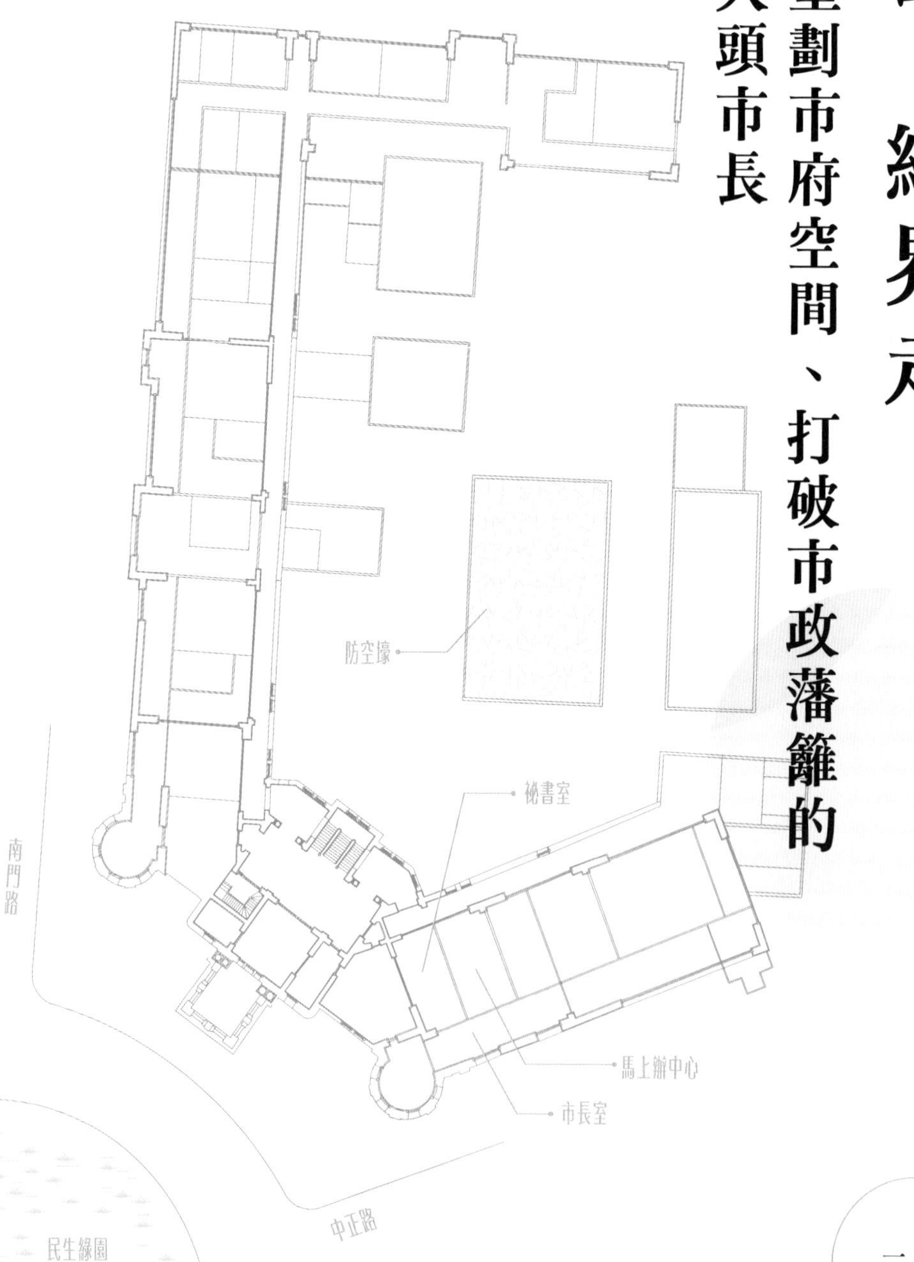

一樓

對於進入政壇的蘇南成來說，臺南市長是他念茲在茲的政治初心。多年前還是市議員的他便極力爭取參選，不料國民黨另提他人，蘇南成心懷不滿並退黨競選，最終敗下陣來。但他不氣餒，一九七七年捲土重來，以「黨外」身分挑戰市長選舉，作風海派、草莽性格強烈的他辯才無礙，雖然吸引了更多市民目光，他依然不敢鬆懈，直到確認當選的那一刻，他難掩心中興奮對著圍繞的市民大喊：「多謝牽成！我蘇南成贏了！」話沒說完，亢奮的大家已將他拋舉空中高喊：「蘇南成！」「蘇南成！」

在牽著腳踏車的廣大市民注視下，第八屆臺南市長蘇南成正式宣誓就職。新官上任三把火，他首先掛牌成立「馬上辦中心」，接著把原本在二樓、有警衛駐守的市長室，搬到一樓馬上辦中心隔壁。土生土長的臺南人蘇南成，腦海浮現各式各樣的施政點子，急著想要推進臺南的發展，使其躍升一線城市之列。

為了應付鉅款支出，蘇南成乾脆爽快地調度預算，財政考績於是被中央打了乙等。他看見這種成績不免感覺冤枉，卻也沒有修正作法的意思，他在公文批上大大的「公理何在？」四字，依然故我地向中央與銀行借錢，向企業募款，風風火火地舉辦盛大活動，拓寬城區道路，大興土木。即使作風引起爭議，他也絲毫不以為意。

如同經營市政的積極野心，蘇南成對於「黨外」身分當然也有自己的想法。脫黨參選本是選舉策略的權宜之計，他與當時的黨外運動始終保持一定的距離。

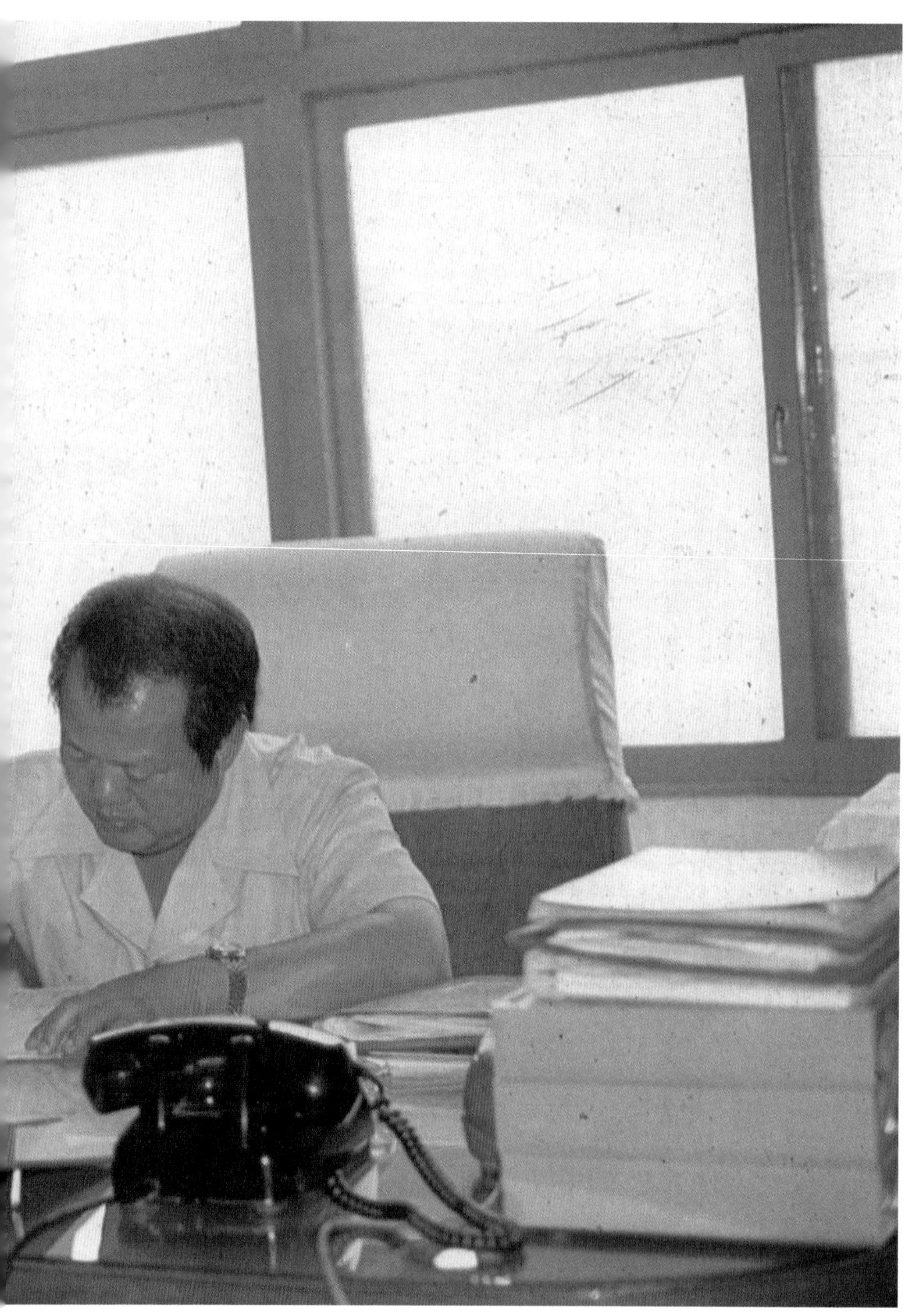

將市長室從二樓遷到一樓是蘇南成標榜親民的作法之一。（葉華鏞提供）

BUCK STOPS

一九七九年美麗島事件發生後，面對希望在臺南舉辦活動的黨外人士，身為市長的蘇南成拒絕了，還批評他們是「暴力分子」，毫不遲疑地劃清界線。毀譽參半的蘇南成以變形蟲的搖擺姿態，取得了政壇一席之地，爾後獲得蔣經國的賞識，正式重返國民黨。

睡在市政府的日子

「九點了。」蘇南成低頭看看手錶，入夜到現在，辦公室外頭還聽得見說話聲。「民眾還未離開吧，不曉得會拖到幾點。」自言自語的他從櫃子裡拿出棉被，隨意放在一隅的沙發床上，打開門望了望外頭，自從市長室搬到一樓之後，不論是民眾的高聲爭吵，或下屬來回穿梭與遞送公文的腳步聲，人煙總是流動不止，而這也正是蘇南成希望的。

位於市政府一樓的馬上辦中心鄰近大門口，櫃檯上還擺放了彌勒佛像，散發著親民的氛圍。說起這尊彌勒佛，與時任總統的蔣經國有段淵源。蘇南成上任後，蔣經國多次到訪臺南，也曾親赴蘇南成老家，相談甚歡。獲得賞識的蘇南成有次陪同前往金門視察，在參觀陶瓷廠時，看見佛像的蔣經國福至心靈地笑說：「南成啊，這尊彌勒佛跟你還真像，送你放在馬上辦中心當紀念吧！」馬上辦中心受到全國上下的矚目可見一般。

為了服務平日無暇的工薪族市民，蘇南成首創從上午八點開放至夜間的辦公措施。在尚無網路民調的那個年代，他已深諳提升施政好感度的重要性，除了派遣一級主管坐鎮，加快市民服務腳步，同時為了鼓舞工作士氣，也不吝拔擢服務良好的人員。

長年以市府辦公室為家的蘇南成大刀闊斧又親民的作風，在當時既是風雲人物，也是爭議人物。（葉華鏞提供）

臺南市首創的「馬上辦中心」所提供的便民服務，吸引許多民眾前來。（葉華鏞提供）

笑口常常開
歡迎人人來

廣受市民歡迎的馬上辦中心，也獲得各種專業人士的義務協助，什麼都有什麼都不奇怪的疑難雜症，只要來到這裡，都能得到一定程度的處置，成為往後市民服務的濫觴。

設置馬上辦中心之後，不論晝夜，市政府一樓總是燈火通明，人聲鼎沸，菜市場一樣的人潮川流不息，偶爾也會出現挑著扁擔賣農產的人，安靜地踅來踅去。公務機關與庶民日常混雜共生，門禁森嚴的官府結界於是被打破，鄰近中心的市長辦公室大門也總是敞開著。

工作到深夜的蘇南成曾見過從隔壁探頭探腦、想確認市長是否睡在辦公室的民眾；也遇過特意為他去廟裡向神明求來平安符的老太太；還有半夜路過市府、特意停下車拍窗戶關心他的計程車司機：「阿成啊，麥擱做啊，去睏啊啦！」

蘇南成憶起兒時家境不好，身為長子的他想幫忙改善家中的經濟狀況，課餘便沿街販賣豆腐，也曾與父母擺過路邊攤，兜售大家喜歡吃的油條和杏仁茶。就算當了市長，蘇南成依然住在小巷裡的老家，周圍來來去去的都是市井小民，最支持他的也就是他們了。看著報紙上的市政報導，想著自己上任以來的各項政績，蘇南成臉上不禁泛起一陣得意的笑容。

每個月第一個星期一的上午八點，市民總會看見市政府職員聚集在門口，按照地上的定點貼紙，整齊排列成 V 字縱隊，旁邊還有演奏音樂的消防隊員樂隊與指揮交通的警察。

蘇南成一到，廣場上的大批人馬立刻開始升旗典禮，周圍時空瞬間凝結定格，周圍的市民也停下腳步，跟著行注目禮。只是原本肅穆的樂音，往往會因為消防隊員的任務有無而變化，要是聽起來少了點什麼，大家心裡明白，一定是他們忙著救火去了。

典禮結束，市政府的早晨儀式還沒結束。職員們跟著市長魚貫走進市府後方空地，跟著放送的音樂節拍，一二三四、二二三四，做起了甩手體操。看到這幕，就算民眾有多麼十萬火急的事等著處理、心裡再怎麼嘀咕，都得等早操時間結束，這也成為蘇南成市長任期中令大家印象深刻的記憶。

蘇南成的奇特行為當然不只這樁，當時這位臺南市政府大家長四十三歲未婚的身分，也引起市民們熱烈關注，想為市長說媒的人始終沒有減少。不過蘇南成滿心政治，總是辦公到深夜，一天上滿十六小時的班，就算生口也一樣。這天他走到主祕室門口吆喝著主任祕書說：「走！我請你吃個麵！」兩人買了幾樣小菜回來，整個一樓只剩市長室亮著燈，響起窸窸窣窣剝花生殼的聲音，他們喝著啤酒，下酒話題依然是公事。

沒什麼私人生活的他，總是清晨五點多醒來，慢跑運動，八點左右走進辦公室，三

長榮中學美工科學生參加於南鯤鯓代天府舉辦的南部六縣市寫生比賽獲獎，市長蘇南成在市府接見、勉勵得獎學生並頒發錦旗獎狀，後在市政府大門外拍照留念。（周永忠提供）

餐都吃隔壁警局福利餐廳的便當，便宜又不傷腦筋。但蘇南成對於公務卻呈現了極大的反差——要就要辦最大的！他豪奢地舉辦各式活動，包括選美比賽、多屆省運動會、美展等。「這機器人博覽會雖然花了兩億，都是企業墊款。但是我們臺南展出了九十二臺機器人，超越了日本與韓國！這樣做事才過癮啊！」蘇南成自信滿滿地向取材記者介紹。

如此大剌剌的人也有細心的一面。每逢年節，蘇南成便請人事造冊，用捐款購入肉粽、月餅和臘腸等食品，分送跑市府線的記者，也贈予技工、約聘雇在內的所有職員。在經濟狀況不比現在的六〇年代臺灣，下屬切實感受到市長的關懷情意，與公僕不可收賄的提醒。

1985 年蘇南成赴任高雄市長前，於市政府前方與臺南市各級主管合影。眾人腳下清晰可見為列隊所劃定的箭號。（黃得時提供，國立臺灣文學館典藏）

此外，無論面對多麼細瑣繁冗的公務，蘇南成都能迅速核定，進了市長室的文件不會被他壓在桌底，大抵一天便能跑完行政流程，「我從不讓公文在我的辦公室裡過夜，我不壓公文，誰敢壓？」他自豪的姿態，也暗示下屬要更有效率地處理市民服務。

站在二樓露臺往外眺望，外頭喧鬧的火紅鳳凰花延燒心底，蘇南成精神抖擻地看了手錶，「九點了。」轉身下樓，門外車流如水，映著一片鬱鬱蔥蔥。又是一天的開始，他在腦子裡盤算著今天的行程，有姊妹市的外賓，還有比賽得獎的學生們來訪。不過，還是先解決辦公桌上等待批示的公文吧。

參考資料

蘇南成，《絲瓜棚下》（臺南：大千出版事業公司，1981 年）。

〈從政風格獨特　蘇南成令人難忘〉中央社，網址：https://www.cna.com.tw/news/aipl/2014-09030004.aspx。

狄英、莊素玉，〈蘇南成談：不要把台南給忘了——訪台南市長〉，《天下雜誌》網頁版，網址：https://www.cw.com.tw/article/5103706。

【台灣演義】蘇南成，https://www.youtube.com/watch?v=8RIwXPF-bgA。

社團法人臺南市臺南新芽協會，〈蘇南成個人像〉，文化部國家文化記憶庫，網址：https://tcmb.culture.tw/zh-tw/detail?indexCode=Culture_Object&id=615090。

那些年，我們跑過的府會線

——市政記者的新聞最前線與情報發信地

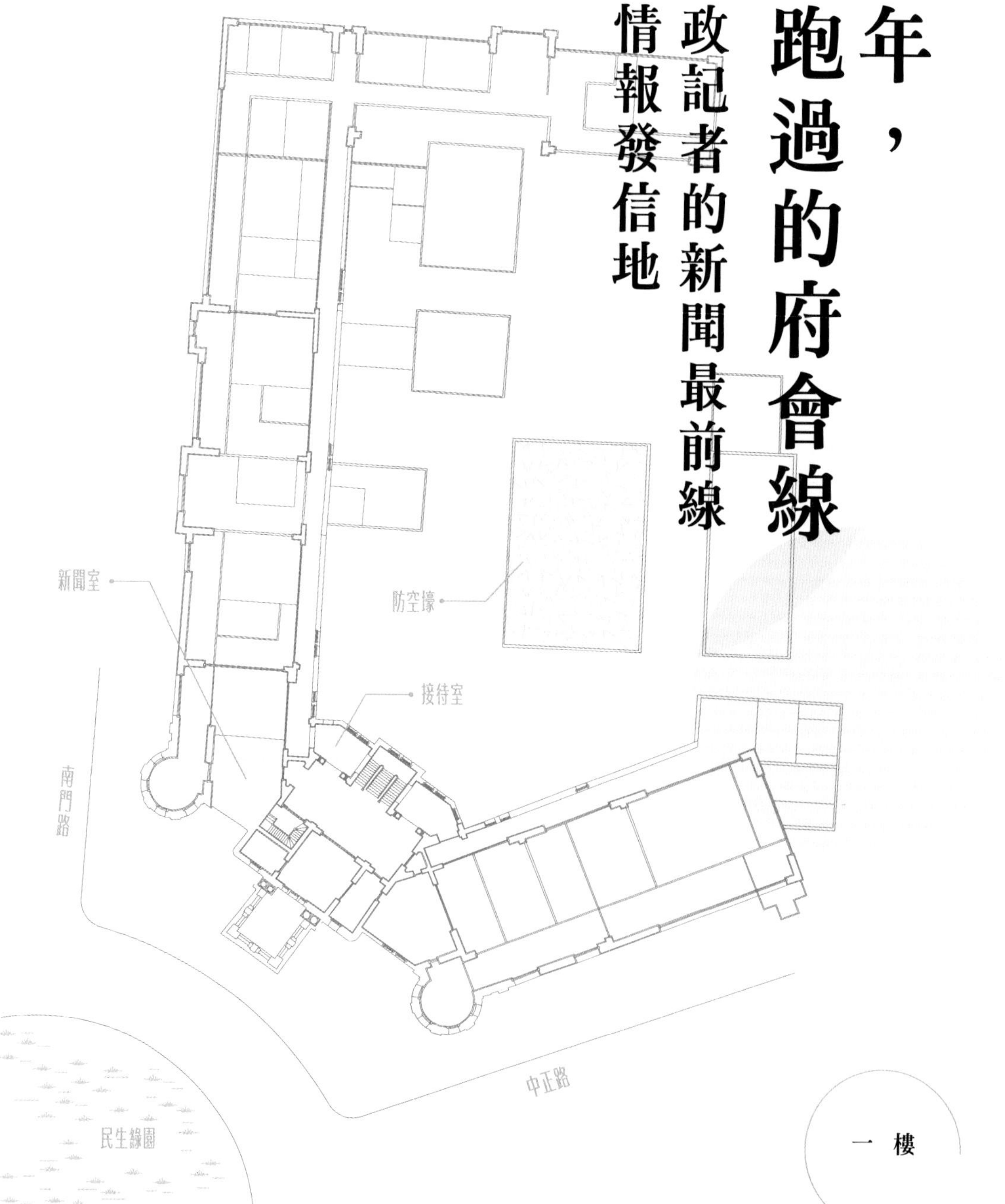

新聞室

防空壕

接待室

南門路

中正路

民生綠園

一　樓

一九四五年，撤退來臺的國民黨政權為了鞏固政治權力，實施了近四十年的戒嚴，肅清本土菁英與地下組織，嚴密監控這塊土地上的人們，防堵任何反對思想與行動。然而不論局勢如何變動，人們始終沒有停止思索島嶼的定位、命運與前途。一九七〇年中華民國退出聯合國，成為國際孤兒的現實，深刻觸動著人們追尋「臺灣」是什麼，公民社會發生一波波風起雲湧的社會運動。

無法脫離社會脈動獨立存在的文學界，因為左右理念與身分認同的迥異，發生過多次論戰，一九七七年的「鄉土文學論戰」即針對現實、鄉土與臺灣的定義展開論辯，要求文學應反映現實、回歸鄉土。

與此同時，島內外持續發生重大事件，諸如美國與中國建交、頒布《臺灣關係法》等，美麗島事件與林宅血案更震驚社會，為追求民主化的人們帶來了衝擊與挫折，卻也持續深化了「臺灣」論述的內涵，為一九八〇年代的臺灣蓄積更多能量。

進入一九八〇年代，反對運動的力道增強，文學界也發生「臺灣意識論戰」，不同意識形態的作家們針對「中國結與臺灣結」展開激烈交鋒，呼應著社會上益發激進的黨外運動，與人們對於島嶼身分公開錨定的強烈渴望。解嚴前後的臺灣，新舊思想衝突與解構，社會正在劇烈震盪。

成長於這般社會氛圍的文藝青年林建農，卻是就讀成大中文系時才聽聞這塊土地發生過的事。年輕的他在畢業後進入報社任職，爽朗的性格讓他結交到許多立場不盡相同的朋友，他也透過文字傳達時事訊息，讓更多人知道現在此刻，我們的社會究竟發生了什麼事。

府會線的記者日常

望見馬上辦中心桌上那尊彌勒佛，林建農不禁想起了大學時代首次來訪的往事。時間過得好快啊，如今他已是負責採訪市府與議會新聞的報社記者，這棟建築正是他頻繁出入的地方之一。

此時的市府大家長是連任成功的蘇南成，他也是地方首長民選以來，首位在臺南獲得連任的市長。重視營造親民氛圍的蘇南成，除了把市長室、機要祕書室與會客室設置於一樓，拉近與進出市府民眾的距離以外，也取消了始於空軍供應司令部時代的站崗任務。當時是由空供部對面的民生派出所派遣配槍員警，駐守在通往這棟建物的二樓階梯處，隨著空供部的遷移，任務目標也從軍隊的常態配置，轉變為確保地方首長安危，直到蘇南成取消為止。

即使駐守命令被取消，林建農每回到市府，也總會遇見穿著警察制服的阿龐在周圍警戒。「所長！」正牽著摩托車過馬路的林建農，對著市府大門口的人影揮手大喊，那人聞聲停下腳步，轉身笑回：「阿農啊，食飽未？你今天也來囉？」這樣的對話在

市政府時期的建築外觀清晰可見時為省轄市的臺南市徽。（傅朝卿提供）

一九八七年解除戒嚴令之後依然繼續，寒暄的同時，林建農也會慣性地巡視一下周遭，他總暗自揣想，阿龐腰間那把在陽光下亮晃晃的手槍，裡頭到底有沒有裝上子彈。

設置在市政府大門口附近的新聞室，距離馬上辦中心與市長室不遠，對於需要隨時觀察周圍動靜的記者來說，是再好也不過的空間配置。停好車，走進市府的林建農首先會往市長室的方向望一眼，再爬上階梯到二樓會議室確認，有著內外兩圈同心圓狀大桌的會議室門口也不見市長蹤跡，一片安靜。他下樓走進新聞室，拿了各處室職員放好備取的新聞資料，坐下認真讀了一會兒，找尋有無可供發文的題材，這是他的例行公事。

確認市長沒有公開行程後，林建農闔上手札，起身走到也在一樓的人事室，推開門往裡面探頭：「欸，爽哥吃飯了！」林建農口中的「爽哥」是人事主任，性格豪爽，跟每個記者都維持著不錯的關係。「走啊！」爽哥走到面前，握拳捶了下他的肩膀，兩人揚起一陣爽朗笑聲，往福利社的方向走去。「早上遇到老季說新來的廚師獅子頭燒得不錯，你還沒吃過，要去新生社吃嗎？」「午餐而已，福利社方便吃一下就可以啦！」面對客氣的林建農，爽哥拍拍胸脯：「我跟老季說了要去嚐嚐，擇日不如撞日，陪我去吃吧，走啦！」

他們口中的「福利社」其實是設置在市府一樓、方便洽公人員與員工用餐的餐廳，因為此處是空軍供應司令部舊址，原作為官兵休閒場所的「空軍新生社」，就在市府大門左側對面，中正路、民生路交會口。其中附設的江浙餐廳，是前往市府洽公時的用餐選項。經理老季總會牢記熟客的口味偏好，細心地幫大家點餐。

市府二樓的會議室是重要的決策場所，有著內外兩圈同心圓狀大桌。上圖為 1985 年臺南縣市第一次建設協調會報（引自臺南市政府發行，《台南文化》第 20 期），下圖為 1991 年時任總統的李登輝與臺灣省主席連戰視察臺南，由當時的市長施治明陪同（中華日報社提供）。

市政府時期的空拍照，下圖左側的綠色建築即以空橋與市政府連接的市議會。（引自《國定古蹟原台南州廳修復與再利用工程工作報告書》，文化部文化資產局提供）

當時的建築立面外觀。（引自《國定古蹟原台南州廳修復與再利用工程工作報告書》，文化部文化資產局提供）

獅子頭還沒上菜，爽哥拿起茶壺幫林建農斟滿一杯香片，「最近跑得還好？遇到什麼有趣的事？」林建農連忙放下香菸，端起茶杯作勢敬了爽哥，苦笑說：「還不都是選舉嘛！」

人民做頭家，做伙來投票

一九八七年，臺灣解除了長達三十八年的戒嚴令，七、八〇年代也是社會運動蓬勃發展的時期。說到聚集所有民眾目光的活動應該就是選舉了，每位記者都有心理準備，這段時期除了跑現場採訪、捲進群眾集會，還會趕稿趕到沒日沒夜，再把稿子用最快的速度寄到臺北總社。選民激昂的吶喊聲無時無刻不像海潮般地湧進耳膜，「選舉期間就是體力活啊！」林建農對爽哥這樣說。

選舉這日，林建農依慣例熟門熟路地從後門溜進來，市府裡外早已忙成一團。因為計票地點設置在禮堂，外圍已擺設一圈拒馬。一九九三年的臺南市長選舉出現了許多競爭對手——除了民進黨籍候選人，同黨還有脫黨競選的兩位候選人，現任國民黨籍的市長施治明則因為建設弊案引起爭議，選情非常激烈。大家心裡都在猜測，開票之後會不會有衝突事件。

下午三點多，在來市府之前，林建農已跑了幾間投開票所，拍下應景的照片，並洗出來貼在稿紙上、裝進稿袋，爭取時間寄到臺北總社的編輯檯。

1991 年底第二屆國大代表選舉後，臺南市政府架設看板將選舉結果公布在市府北側停車場。（中華日報社提供）

90 年代的選舉時有衝突，故往往會在市府外架設拒馬。圖為 1993 年 11 月臺南市長選後，不認同開票結果的民眾包圍市政府的情景。（中華日報社提供）

當時被漆成白色的市府建築外牆，外側並規劃為停車場。（陳秀琍提供）

接著把握開票前最後的寧靜時刻，他一邊彙整相關資料，心裡盤算著：待會先到競選總部佔個好位置，等開票確定了再把文稿傳真回總社，至於晚上拍的新照片則得傳真四次，照片顏色才會套齊，不然會被編輯檯囉嗦畫質不佳，一堆繁複工序，「累死人！」他嘀咕著。

「字號（jī-hō）！」拿著公文的農林課長從新聞室門口喊他，「什麼二號（jī-hō）！你們農林課的也差不多一點，要拿我的公文去哪裡！」林建農大笑回他，每次看到建設局農林課的公文字號「建農」，覺得好笑的林建農都會忍不住跟他們抬槓，課長大概也是要緩解他因為選舉而緊繃的神經，刻意繞過來找他：「來啦，我泡杯茶給你。」雖然生活總被截稿死線追著跑，不時還有那種想上鏡頭的荒謬民眾來湊熱鬧，或是帶著一大串鞭炮衝進市府作勢點燃；或是開著裝設擴音機的「戰車」不斷在市府周圍繞行，但認真跑新聞的林建農其實很喜歡這裡的氣氛。市府裡總是不分處室，給予他工作上的協助，也總有分享人情味的溫馨時刻，「啉茶啦！」像這樣兩人坐在茶几前短暫地閒聊與互動，便足以讓他喘口氣，增加些許「繼續追逐新聞」的氣力。

參考資料

林建農，〈一位戒嚴時期記者的告白：「二二八的敏感與複雜超乎我的想像。」〉，自由評論網，網址：https://talk.ltn.com.tw/article/breakingnews/2351503。

林建農，口述歷史訪談（市政府時期），國立臺灣文學館策劃、採訪，2022年。

追趕跑跳的市政萬象

——穿梭各處室、包辦大小事的市府職員

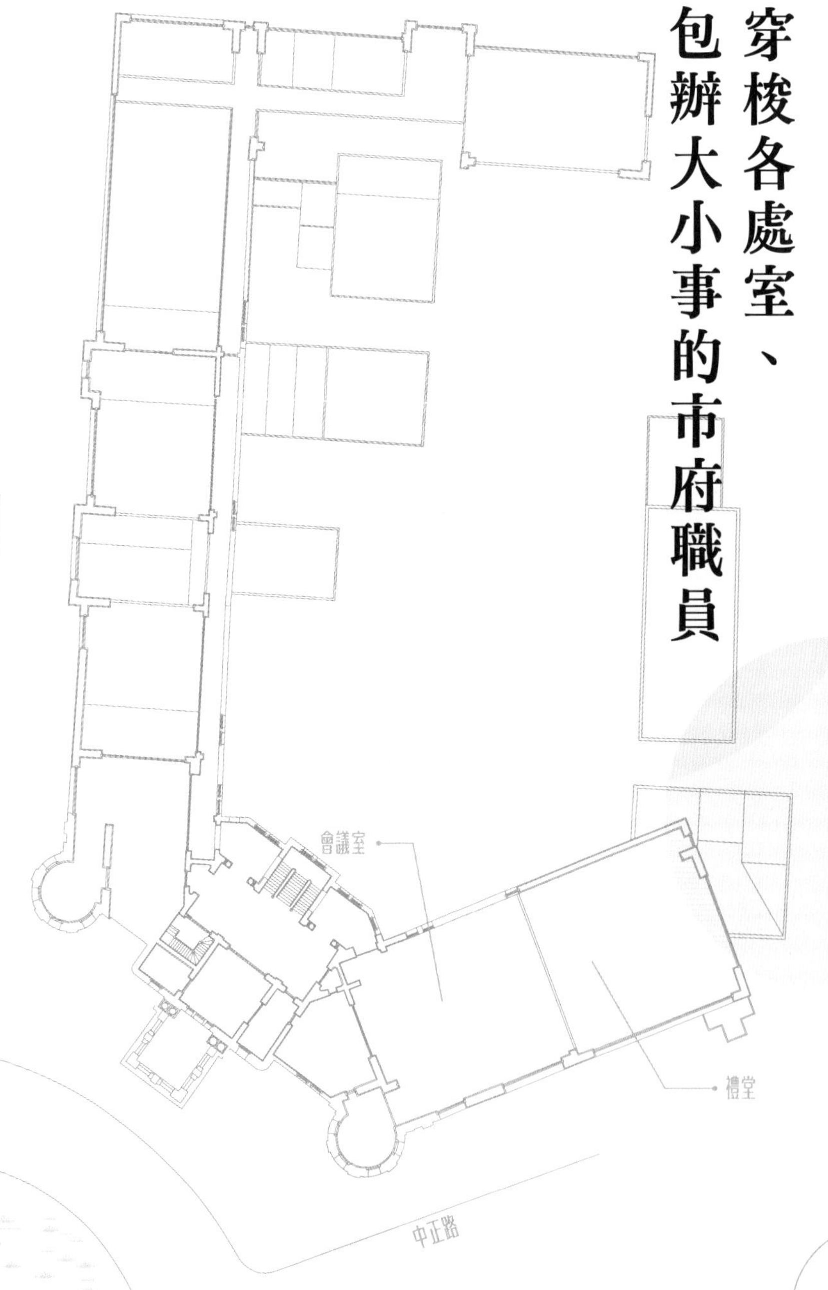

二樓

「少年耶，借我五十箍好無？」「我無錢坐車……我押身分證予你，借我五十箍好無？」

一九七七年蘇南成市長上任之後，市府各處隨時敞開，進出市民形形色色，座位就在人事室門口的許瑛峰，這天竟然還遇到向他借錢的民眾，一時之間不知道怎麼辦，只好帶著民眾走到馬上辦中心，問了坐在櫃檯輪值的同事：

「欸，這個人跟我借錢，說他要回去關廟沒有錢……」

「哎呀，這個人常常來這裡，騙錢的啦，去找警衛跟他溝通啦。」

許瑛峰猶豫了一下，心想就當做善事吧，從口袋掏出五十元：「不用身分證啦，這借給你，下次有來再還我。」「謝謝你啦！少年仔好心有好報！」拿到錢的民眾開心地走出市府，同事拍拍許瑛峰的肩膀：「幹麼給他錢啦！？」他聳聳肩笑說：「五十塊錢可以解決的都是小事，這跟你們處理的事情比起來還好啦！趕快把他送走就好了。」第一次遇上這種莫名狀況，他內心竟然覺得有點新鮮。

總是帶著公文穿梭市府內各個單位的許瑛峰，今天為了差勤資料四處奔波，傍晚時分才剛回到灑滿西曬陽光的辦公室。

在尚未解嚴的當時，出國受到嚴密管制。最近許瑛峰不僅忙著趕辦臺南市青少年足球隊出國比賽的手續，又因為市府的人事派令卡在省府，職務懸缺太久，借公務車

各國代表齊聚一堂的市府活動。（引自國立臺灣文學館出版，《舊建築新生命：從臺南州廳到國立臺灣文學館》）

跑了趟中興新村，到省政府催辦公文。但他的工作可不只跑來跑去，除了在蘇南成市長時代擔任升旗典禮與職員早操的司儀，逢年過節將市長送給員工的禮品統計造冊，他還是市府大家都認識的「禮貌先生」。

備受上級賞識的許瑛峰不到三十歲升任民政局課長之後，不在座位上的時間更多了。他總是勤快工作，即使因為年紀輕輕而使得能力遭受質疑，他到臺南市各區參與區里工作會報、遠赴中央開會，也毫不怠惰。總是風塵僕僕地輾轉於各機關單位的他，最感到放鬆的地方還是這裡——市府選委會樓上，可將整個城市綠意盡收眼底的閣樓。這是許瑛峰最喜歡的祕密角落。

大禮堂的選舉萬花筒

一九九三年，地方自治後第十二次的縣市長選舉，臺南市長包含當時在任的施治明在內，出現五位候選人，臺南各地選情激烈，總統李登輝亦首度下鄉站臺助選。市府負責選務工作的職員們早已繃緊神經，不僅在停車場搭起用來張貼開票結果的臨時布告，還多次沙盤推演工作流程，就怕發生突發狀況。警察局保安隊加派人力，市府周邊也已架起拒馬，嚴格控管進出市府人員。

「你有看昨天的新聞嗎？」「選前之夜嘛！蔡介雄場子人那麼多，看起來很激動，有點擔心他們跑到這裡。」選舉當日一早，許瑛峰聽見同事閒聊，忍不住插話：「你們都要去幫忙選務嗎？府前路珠算段數很強的那幾個人幾點會來啊？我想去見識一下。」

在沒有電腦的時代，需要高度專注力與精確計算率的統計作業僅靠人工，除了投入大量公務人力，選務單位還會邀請任職於金融機構的珠算高手，協助加速統計流程。電腦問世之後，手續逐步精簡但仍需人工輸入資料，過程難免發生錯誤。為了降低爭議，這次統計依然請了厲害的銀行行員來幫忙。閒聊的同事回答許瑛峰：「許兄，我今天在安南區幫忙開票，你去大禮堂那邊找李老師問問吧。」待過人事、負責過差勤狀況清查

市府二樓大禮堂是選舉號次抽籤的場所，圖為 1989 年第 11 任臺南市長、省市議員暨立法委員選舉姓名號次抽籤的情景。（引自臺南市政府發行，《台南文化》第 28 期）

的許瑛峰也提醒同事：「早上有公假，記得先去投票啊！不然人事查到會被記曠職的。」

市府二樓大禮堂是市民集團結婚的場所，也是選舉期間候選號次抽籤、點票、選票分裝及票務統計的地點。投票時間一截止，大家隨即忙碌了起來，票數陸續彙整到市府，大禮堂裡的選務人員忙著記錄與輸入電腦報表，得到加總數字後，趕緊去外頭看板填上最新得票數。

不是選務人員的許瑛峰從大禮堂下樓，走到停車場，研究看板上的各候選人得票數，後方傳來一陣肉香。他轉身望向拒馬外，看見圓環邊上出現了幾個攤販，肉汁滴落赤紅炭木的同時，噴香

1993 年第 12 任縣市長選舉期間的歷史性畫面。（林太平攝影・提供）

煙霧瞬間瀰漫，「峰哥要吃嗎？臺灣名產欸，芳貢貢（phang-kòng-kòng）！」專跑府會線的記者林建農突然出現，遞過來的紙袋裡頭正是剛烤好的香腸。攤販隨處出沒，造勢、抗議、各種政治集會無役不與，熱烈的爐火與穿透力強大的食物香味，沸騰有如參與黨外活動的眾人心情，日後被暱稱為「民主香腸」，成為臺灣民主運動的象徵與臺灣人的共同記憶。

「謝謝！」許瑛峰微笑地接過紙袋。

流轉的風華歲月

由「無黨籍」市長執政開始，臺南逐步散發不同以往的城市形象。在黨外運動頻繁發生、社會動盪劇變的七〇年代末期，威權政府為了展現「親民」姿態，以收「體察民意」之效，在蔣經國之後，歷任中央、省政府首長屢次南下，輪番到訪已成「樣板」的臺南市——一九七八年有繼任行政院長的孫運璿與省政府主席林洋港，翌年則有副總統謝東閔，直到臺灣本島解除「戒嚴令」之後，一九九三年總統李登輝亦曾親自巡視，聽取時任市長施治明的市政簡報。

即使訪視層級越拉越高，市府上下也逐漸習慣中央長官的行程，都能按照既定流程，隨機應變。跟隨過三任市長腳步的許瑛峰，已從當初比蘇南成市長還焦急升旗時間要到了的年輕人，轉變為剛到任的菜鳥公務員心中那位行事沉穩、經驗豐富的前輩大哥了。

1978 年，時任行政院長的孫運璿（右）與省政府主席林洋港（左）拜訪臺南市政府。（詹翘提供）

1993 年底總統李登輝訪視臺南市政府。（國史館典藏）

先後任職臺灣省政府主席與副總統的謝東閔巡視臺南市政府。（國史館典藏）

由於空間不敷使用，一九九七年，臺南市政府由州廳原址遷移至安平五期重劃區的永華行政中心辦公。

許瑛峰收拾好放在辦公室裡的一些文件物品，離開前想好好跟這棟建築告別，走出大門，回想起一九九三年那場選舉之後，敗選者大聲疾呼要求驗票；想起周圍出現過的集會遊行，聚集了好多人啊；還有學生出國比賽橄欖球、畫作拿到大獎，來到這裡獻獎、與市長合照；國外的姊妹市貴賓來訪，不過印象最深的還是在臺南市立圖書館舉辦的選美比賽，每位鳳凰小姐候選人都美得像幅畫。

回過神來，許瑛峰算了算，有六位市長待過這棟建築，時間默默流轉，自己進來也快二十年了，待過人事、民政與財政的公務員應該是少數吧……

「峰哥！」騎著機車的林建農從對面大喊，打斷了他的思緒。「你們搬家忙完了嗎？」辦公室還一團混亂呢，同事們忙著收拾卷宗檔案，到處都是紙箱。許瑛峰對林建農揮揮手，笑著回他：「建農啊，改天來永華泡茶吧！」

參考資料

許瑛峰，口述歷史訪談（市政府時期），國立臺灣文學館策劃、採訪，2022年。

啟動

原以為「臺南市政府」的角色我可以一直扮演下去，豈料又迎來了變動。一九九七年十月，市政府的員工搬到了安平重劃區的永華行政中心辦公。同年十一月，舉行了文資中心啟動典禮，隔年五月，市政府又與文資中心籌備處簽訂基地無償使用契約——這一回，我竟與文學沾上邊，邁入「文資中心籌備處與臺文館」時期。

這下饒是年過耄耋、見過大風大浪的我也不免心驚，畢竟我從來不是文學的料子。但一切終歸還是得從硬體設施著手，人們計劃再次替我改頭換面，整修為地上兩層、地下三層的建築，並且復原氣派的馬薩屋頂與衛塔圓頂，就這樣開始了前後費時約五年的大工程。

1997 年 11 月舉行的文資中心啟動典禮上，由時任文建會主委的林澄枝致贈謝禮予臺南市，並由市長施治明代表接受。（引自國立文化資產保存研究中心籌備處出版，《舊台南州廳建築生命史筆記書》）

1998 年 5 月，臺南市政府與文資中心籌備處簽訂基地無償使用條約，圖為參加儀式的藝文界人士與市民合影紀念。（引自國立文化資產保存研究中心籌備處出版，《舊台南州廳建築生命史筆記書》）

1997 —

第肆章

新生——文資中心籌備處與臺文館時期

翟翺

把時間蓋回來的人

——古蹟修復再利用的人文思維

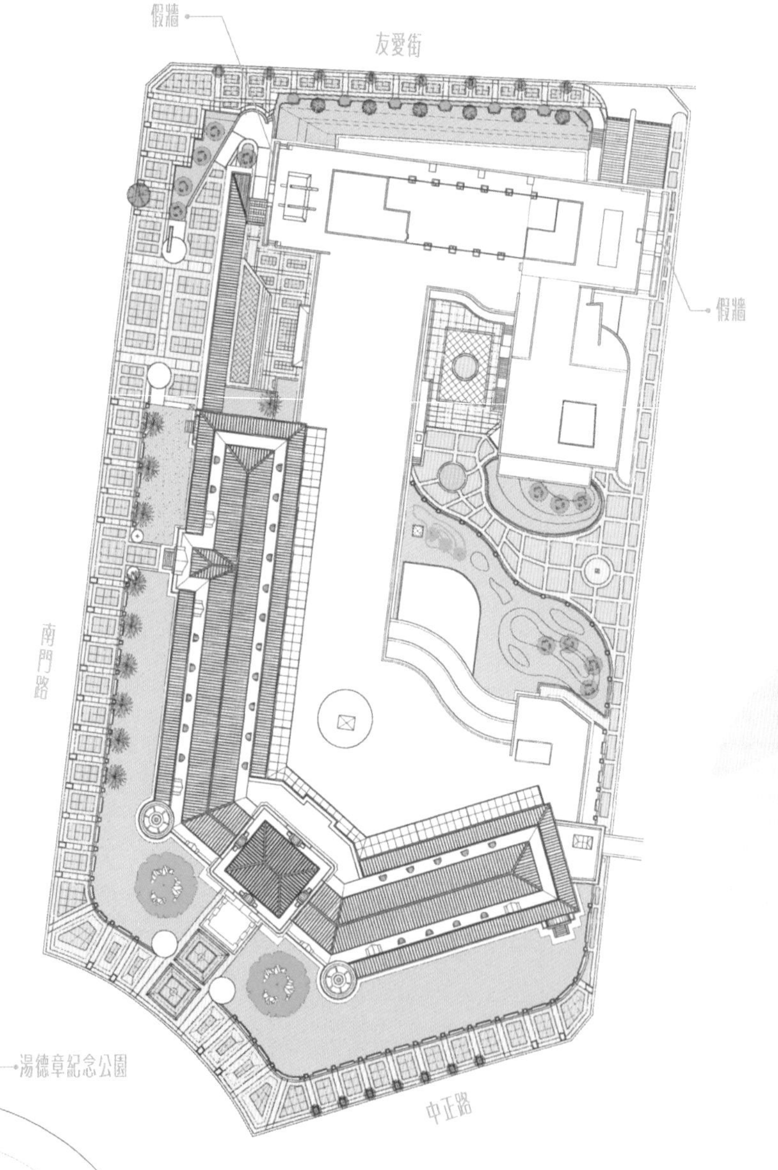

全區

修壞的也是歷史的一部分

大暑中，二十多歲的陳柏森站在臺南孔廟的鳳凰樹蔭下。風吹過，陰影掠過他的臉，汗水因陽光更顯晶亮。他正在尋找一塊不起眼的石碑。

大多數遊客不在意那塊石碑，他們更關注的是寫有「全臺首學」的匾額、赭紅色的圍牆、幽深的正殿和孔子的神位。然則，陳柏森知道，那塊石碑正濃縮了整個孔廟。它是臺灣府學全圖碑。

陳柏森正為以臺南孔廟為題的碩士論文煩惱，多次走過南門路、友愛街，在孔廟內外徘徊，試圖將這座古老的建築拓印於腦海，再用文字重建。此時，他尚不知，僅一街之隔，且多次經過的舊臺南州廳，將成為他日後人生的重點。

風再次拂過，從孔廟的鳳凰木到臺南州廳，再到臺灣文學館，一路搖曳著相同的鳳凰木。一樣的風，一樣的樹，一樣的建築師。多年後，陳柏森談起州廳的修復，總會說那是一個機緣。因為如果不曾在成功大學求學，他就不會在臺南經歷改變他人生的時刻——也是在這時，他讀書遇挫，將名字「森藤」改成「柏森」——而修復臺南州廳也不會成為他生命中的一個篇章。

「任何一個建築設計，都是在某個特別的地點、特別的時間做了這件事。在這個地點這個時間，讓建築連結以前與現在。」他回憶起與臺南州廳的因緣。身在其中，卻在複數的地方；既在日本時代的臺南州廳，也在戰後的空軍供應司令部，還有此時此刻的臺灣文學館，這是他修復州廳的哲學，可以看、可以摸的哲學。

實際到現在的臺灣文學館，會看到大廳處的十二根柱子，仔細瞧，則會發現其中兩根有些不同——那是一九四九年空軍供應司令部進駐的痕跡。本來的州廳是歐式建築，柱頭裝飾華麗，但倥傯之際來臺的人們無力也無心去講究這些，只能隨意裝修柱頭。

當時，陳柏森丟出的疑問是：「雖然醜，但它是一九四九年歷史的一部分，如果是你，會保留嗎？」許多古蹟專家持不同意見，但他堅持要留下「被修壞的兩根」作為見證。「如果把它換掉，全部又回到當初很漂亮的柱頭，我們就不知道一九四九年曾經有過這個東西、這段歷史。」

一如島上的人從前不知道島上更早之前的歷史。

就是這兩根柱子，上面支撐著日本留下的歐式馬薩屋頂，也支撐著陳柏森修復州廳前的思考：除了把它當作古蹟之外，該用什麼觀念來看待這座建築，與它乘載的歷史？

臺灣四百年來接受了不同政權的統治，每個政權來臨，都在這座島嶼上留下了不同風格的建築，當殖民者遠去，留下的建築物仍讓現在的人沉思。過去我們無法反抗，只能默默接受。可如今，「我們經歷了民主改革，對自己也要有信心。所謂的信心，就是覺得自己可以跟過去的外來政權還有殖民者平起平坐了。」他想。

臺南州廳的修復過程，就是找到島上人自己跟不同殖民者平起平坐的位置。

細看會發現圖中前方是空供部時期的柱子，柱頭裝修簡易，後方則復原了州廳時期的柱子，分別象徵不同時期的歷史。（柏森建築事務所提供）

落實的第一個辦法，便是尊重古蹟。從南門路、中正路看向臺灣文學館，會發現新建築低於原本的州廳本體，方法便是把量體大的部分藏到地下。於是，陳柏森設計地下三層，作為新建築的主要使用空間，讓舊州廳吐納著底下的人們。

再者，就是延伸歷史記憶空間。孔廟園區是臺南重要的古蹟群，鄰近的臺灣文學館如何在不破壞空間感的情形下修建，同時維持州廳本身的古蹟感，成為陳柏森的設計重點。因此，他在基地靠孔廟一側設計兩個像州廳立面的假牆，延伸都市空間的歷史感，而假牆亦成為了新舊建築相接的過渡。

斷裂的歷史，被建築連接了。

但陳柏森不止於此，過去與現在的關係並非靜止的，而是往復辯證的。因此，新舊空間如何對話，成為他下一個思考：新與舊，並非取代與對抗，而是繼承與對話。於是，他於中間設計採光天窗，藉由引進自然光線讓新舊平等；一樣的陽光，一樣的雨珠，落在新的也落在舊的建築之上。

在這樣的設計下，原本外面的舊牆成為了內牆，也賦予州廳建築新的空間體驗；州廳的紅磚牆與新建築的大理石相映。

舊州廳的紅磚牆與新建築共同塑造臺文館藝文大廳。而紅磚牆上整面白色油漆的部分，標誌著舊州廳被拆除的一個小空間的位置，呈現新舊共融與歷史標記。（林韋言攝影）

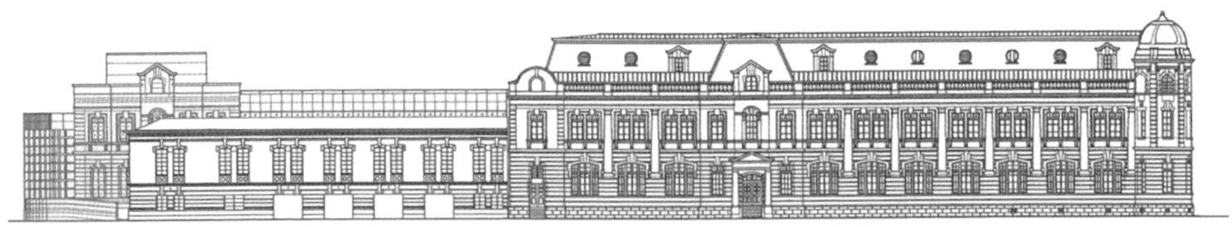

基地靠孔廟一側設計了像州廳立面的假牆，作為新舊建築的轉換空間。（柏森建築事務所提供）

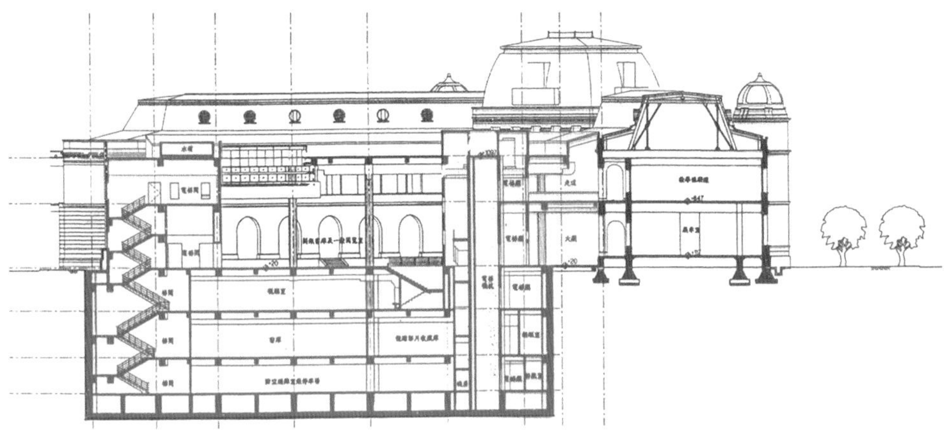

穿過拱門，會看見右側舊州廳的側面，而進入左側新建築，即象徵穿越歷史，時空交會。（柏森建築事務所提供）

此外，從友愛街孔廟廣場看過來，新的臺灣文學館便成為孔廟大成殿的背景，前者協調於後者之中，也是新與舊的對話，後者作為歷史記憶空間的延續。

當新建築與舊古蹟開始對話，身在其中的人便能感受歷史的穿越。最能體驗這點的路線，於內是從文資中心入口由古蹟迴廊進入文學館——這時，在入口中庭回頭可看見舊迴廊的內側立面。於外，則是順著南門路外的公共空間從文學館門口走到孔廟，到了友愛街與南門路，既是空間的、也是建築新與舊的轉角。

這個路線，還可抬頭望見其上的椰子樹，那是日本人留下最顯眼的殖民南洋想像（在這座島上，日本人留下的歐式建築，往往伴隨著椰子樹）。修復時，如何把日本人留下的殖民性融入臺南自身的地域特色，便是陳柏森的最後重點——配合南國氣候設計了許多遮陽板，也透過新建築的自由曲線及形體，柔和了原本州廳的厚牆及莊重。

找回時間的配方

新的之外，還有原本的州廳。如同被時間磨平的臺灣府學全圖碑，州廳也被時間的過客——過去的主人——改變。州廳鄰街面的洗石子外牆與馬薩屋頂，便是其一。

洗石子因為經過國民政府的油漆塗抹，層層疊疊，想要恢復，就要先把它弄乾淨，然而弄乾淨之後呢？想恢復到當年的面貌——可洗石子有很多顏色、很多配方，哪一個才像當年的面貌？

新的大理石牆面與舊州廳隔著室內走廊，形成新舊空間的對話，而其上天窗均勻的光線，則使空間顯得和諧。（柏森建築事務所提供）

清水磚外牆在修復時或復原或重製，在在呈現與古蹟的對話。（林蔚儒攝影）

為了尋找洗石子的本來面貌，陳柏森團隊跑到臺北州廳、臺中州廳，最後是到臺南師範大學，模仿其質感，調配出相應的洗石子——

時間的配方。

馬薩屋頂的修復更曲折。昭和二十年，臺南州廳被美軍燒夷彈擊中，原本木構的馬薩屋頂燃燒殆盡。不同於洗石子有他處模樣可循，馬薩屋頂雖有圖片可見外觀，卻不知道尺寸。團隊只好從州廳的立面圖、舊照片，透過透視的角度推算馬薩屋頂是多長多寬。知道比例，卻因為無法找到夠大的木頭原料，只得以鋼結構代替。雖然違反原本的工法，卻也是不得已而為之。

如今，銅材光澤的馬薩屋頂，成為了失卻般的存在。

失卻同時存在，也是機緣。二十多歲的陳柏森最後找到了角落裡的全圖碑。風吹落他眉頭的汗珠，他被在樹梢間的濤聲吸引，望向失修的州廳，閃現了一個電光般短暫的疑惑，為何孔廟看起來還算完整，但一街之隔的這個建築卻變成這樣？

要到很久之後，陳柏森才找到答案。或者說，他才有能力回答這個疑惑。在他偶爾想起在新竹當木匠的外公帶著鼓仔燈來看他；想起自己曾著迷於火光明滅於精細的木頭雕工裡（多麼美麗，多麼神奇）；想起在成功大學讀著威爾·杜蘭的《哲學的故事》；想起一九八〇年代到美國讀書，人們討論著解構主義之時——這時他還會閃過另一個疑問：一個來自太平洋另一邊臺灣的建築師，在現代主義、後現代主義之外，什麼才是自己真正的價值觀呢？

以現代建築的自由曲線與遮陽板表現臺南的地域特性，並與殖民性的厚重磚牆形成對比。（柏森建築事務所提供）

答案正在二十多歲的陳柏森眼前（失卻同時存在著）。只是他不知道需要未來的自己透過修復眼前的這座舊建築來回答。透過一座座文化建築，從中央圖書館、高雄市立美術館、中央氣象局，最後是臺灣文學館，他找到了答案：撫著這座島的歷史脈絡，讓過去的在現在裡重現。

參考資料

沈安柔，〈建築創造文化空間的建築師——陳柏森的建築之路〉，《成大校刊》第 236 期（臺南：國立成功大學，2013 年）。

范勝雄、陳柏森、黃斌、傅朝卿，《舊建築新生命：從臺南州廳到國立臺灣文學館》（臺南：國立臺灣文學館，2011 年）。

陳柏森，口述歷史訪談（文資中心籌備處與臺文館時期），國立臺灣文學館策劃、採訪，2022 年。

在州廳記憶消失之前

——第一線修復的難題

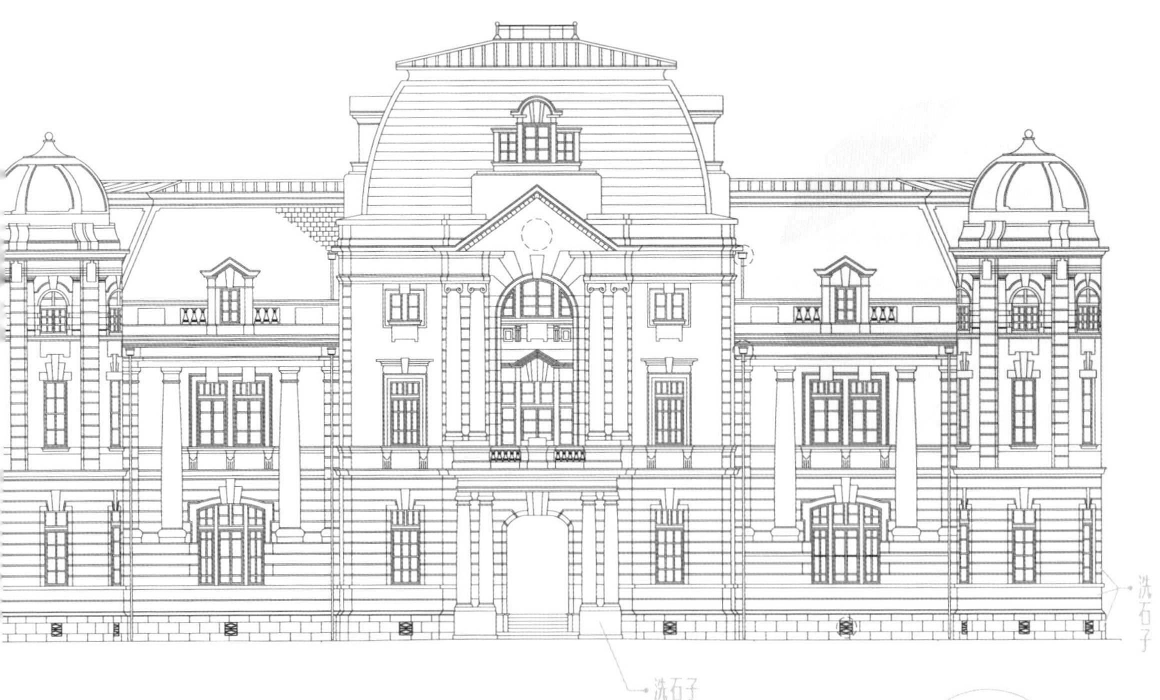

立面

老人一動也不動，盯著前方的州廳建築。晨曦中，像是鑲著一層白銀的雕像。

如果不是因為清早的太陽給工務經理黃貴光一種安心而富於希望的感覺，他會覺得眼前的老人很鬼祟。小偷嗎？但不會有人在天全亮的時候才來偷東西，而且……完全不怕被看到。幾次遇到老人後，黃貴光在心底想。

工地四周的鷹架林立，灰塵在陽光中漂浮，工人們開始了一天的忙碌。黃貴光總是在早上七點左右來到州廳修復工地——儘管前一天忙到十一、十二點，也一樣是這個時間上工，老人也總是這時間出現。

老人通常就這樣靜靜看著每天進度不一的工地，東一眼，西一眼，再默默飄走。幾次，他也曾跟黃貴光對到眼。黃貴光總覺得老人看起來似乎想說些什麼，不過最後只是轉頭緩步離去。

也許只是早起沒事做的老人家吧。黃貴光如此說服自己。因為眼下，他有更麻煩的事情需要操心——洗石子牆面修復工程進展緩慢，一年過去了，即將邁入一年半……雖然不過是一年半的施工時間，但他某天回家，兒子卻指著他的頭髮說爸爸變老了。洗澡時照鏡子，他才發現自己多了好多白頭髮。

實在是因為工程的壓力超乎了他的預期。

黃貴光所屬的正臺壹工程公司之前接手的，大多是傳統建築營建。得知即將負責臺南州廳修復工程時，他輾轉反側了好幾天，因為他知道整個臺灣對古蹟保存再利用的掌握、熟悉程度，才剛在萌芽階段，落後歐美好幾十年，更別說要上哪找功力夠又信賴得過的工人、師傅。

此外，誰知道州廳本來長怎樣呢？

這一點也是黃貴光錯估的。找不到州廳原設計圖，想著至少有日本時代的舊照片可參考，豈知他忘了關鍵的一小點：那時照片大多是黑白的。於是，許多州廳建築細部顏色已無從考證——例如讓他煩惱許久的洗石子牆。那天早晨，他站在一塊已經修復了一半的洗石子牆前，細細打量著每處細節，心中焦慮卻絲毫未減。

「整數一」的工法

黃貴光是臺南人，親手修復這個從小看大的老建築，於他而言，有種使命感；再者，帶頭修復的建築師陳柏森，是他成功大學的學長。於公於私，他都義不容辭。

他回憶起正式開工前，大夥聚在一塊開了好幾次會議，包括成功大學建築系的團隊、日本來的專家學者，以及其他參與修復工程的工作室。這案子果真跟他之前做的建築工程完全不同，當時黃貴光思忖。不是從零到有，而是從「〇・五」跟「一・五」到乾淨俐落的「整數一」：〇・五的部分，像是州廳再利用所新建的區域，要在舊建築中蓋出一座與之契合的嶄新建築，不能讓人感覺新的部分是多出來的或刺眼；至於一・

國內外專家學者與專業修復團隊幾經會勘與磋商，最終達成了修復為 1916 年原貌、但某些足以代表歷史軌跡的部分也會局部保留的共識。（引自國立文化資產保存研究中心籌備處出版，《老建築新生命》）

五，則是州廳許多地方被後來的使用者「整修」過（那時代的人總是匆匆來到一個地方，無暇顧及許多事情，包括州廳），得把整修過的地方恢復成本來的樣子。

歷史的樣子。

正因如此，黃貴光團隊動工前，便花了許多時間在拆除前的調查測繪紀錄。每一個建築細部的元素基礎——梁柱、門窗、屋頂、屋架，還有裝修材料，都要記錄下來回報給古蹟專家，再呈報施工計畫，審查通過後才能進行拆除與修復工程。如此來回，是因為怕拆錯、修錯，走樣了，就再也救不回原貌。

雖然不能完全知道州廳本來的樣子，但至少要先記住州廳現在的樣子，才能一步步恢復。

外牆的施工包含油漆清除、線角施作、清水磚及勾縫修護、洗石子牆面粉刷等，工程繁複。
（柏森建築事務所提供）

'02 3 3

就像兒子用樂高蓋城堡，也是先知道城堡長怎樣，才能把它們拆開再重組。想到兒子，黃貴光嘴角微微揚起，此刻，他應該還在睡吧。

有時，加班的話，黃貴光會帶兒子到州廳裡逛逛——曾有人聽聞他帶兒子到州廳，半開玩笑地說，這麼老的地方會不會有鬼啊？黃貴光聽了只笑著回，他兒子回家沒有收驚，睡得還比之前好，「哪有鬼？說是福地都來不及！」但諷刺的是，他所謂的「福地」，讓他一年半多來白了一大片頭髮。

有時，黃貴光只是帶兒子來拿個東西；有時，他向兒子講解工法。儘管他不覺得還沒上小學的兒子聽得懂他在說什麼。

「你知道這裡本來不是這個顏色的嗎？它們真正的顏色被油漆蓋住了，我們只能用噴砂慢慢把油漆噴掉。」

「用水噴嗎？」

「不是，是乾的，是用沙子，而且沙子還要選大小形狀，太粗的會把原本的洗石子噴掉，太細的力量又不夠；後來我們找到一種美國來的沙子，是圓的，噴的時候才不會傷害本來的牆。」此時，黃貴光的兒子已聽得恍神。

他沒細說的是，為了找出最適合的噴沙，他們找了即將廢除的建築做試驗——側翼一棟不保留的增建部分；用不同粒徑的沙試了四五次，再請成大建築系教授、建築師判斷哪一種能讓洗石子原貌重現，同時不破壞牆面，最後才決定用該粒徑的沙來噴。噴的時候，也要把每一次施作用的是多少磅記錄下來，不能太大力，然而太小力又會

先完成構架、外皮再包覆銅片的牛眼窗及老虎窗，復原形式參考的是老照片與興建時期相近的監察院、臺中市政府。（林韋言攝影）

噴不乾淨。找到粒徑合適的沙、剛剛好的力道，才能施作，才能還原洗石子牆。

「噴掉油漆，就能看到本來的牆嗎？」

不知何時回過神的兒子丟出這問句，黃貴光一時不知道如何回應。沒人真的知道本來的牆長怎樣，連那些專家也只能試著模擬出最像、最可能的。

跟遺忘賽跑的人

除了洗石子牆費工，屋頂上的牛眼窗及老虎窗，也不遑多讓。

因為原始資料無法取得，修復團隊決定參考原始照片，以及興建時期相近的監察院、臺中市政府的作法複製。

'02 2 20

'02 5 2

除了最顯眼的馬薩屋頂，兩側衛塔圓頂的修建亦費盡心力，盡可能依照當年的施工方式進行。（柏森建築事務所提供）

為了完美呈現牛眼窗的木製圓弧，黃貴光找來合作多年的老師傅；老虎窗則是先用木頭做出造型，再包上銅片。他記得，當初看到師傅做出的圓弧，內心佩服不已，想著師傅年紀這麼大，這年頭能做出這樣工藝的人不多了。

頓時，黃貴光發現，修復州廳也是在跟時間比賽——在時間帶走懂得州廳建築工藝的人之前。

至於牛眼窗、老虎窗其上，州廳最顯眼的馬薩屋頂工程更是讓黃貴光提心吊膽。負責的協力廠商先在新市的工廠假安裝、組立測試，到了現場才真正組裝。這是因為馬薩屋頂有弧度，如果不預先測試，工人到時候在上面可能連螺絲都會鎖不好。

黃貴光還記得，那天在現場組好後，吊車吊起屋頂要蓋上去那一刻，全場的人都屏氣凝神。當屋頂落定，傳來沉重的聲音，眾人便開始歡呼。畢竟這獨一無二的馬薩屋頂，可是州廳最重要的門面。

然而，現在門面——標誌性的屋頂、造型天窗都差不多了，反而是平常不會特別注意的牆面還搞不定。黃貴光嘆了口氣，旋即認分地上工。

半年後的某天，洗石子工程終於告一段落（這時，黃貴光的頭髮也差不多白到底了），老人又出現了。

一樣的晨曦，一樣的立定姿態，不一樣的是，這次老人看到黃貴光沒走開——先是指了指州廳，再指著自己的頭說：「回來了，跟我記得的一樣。」他這才知道，老人指的是州廳的洗石子與紅磚牆。

「我天天來看，一天天都覺得記憶好像回來了，小時候在這裡看過的東西都回來了。」老人對黃貴光說，不過更像是在喃喃自語，「以前這裡多漂亮啊，是我看過最漂亮、最大的房子。」老人一邊說一邊用手比劃，興奮的模樣，像是回到了小時候。黃貴光可以在他眼中看見當年的州廳樣貌。原來，真的有人記得州廳的模樣。

一座建築，竟然連結了兩代，不，是三代人——還有他的兒子。想到兒子，黃貴光笑了，決定開幕那一天也要帶他來看看。黃貴光開始詢問老人還記得哪些，不知不覺手腳也跟著比劃起來。

遠遠看去，只見明亮日光中，一個大大的房子，下面有兩個小小的人，手舞足蹈，彷彿在慶祝著什麼。

參考資料

范勝雄，《以美國「再生方針」探討「原台南州廳再生計劃」之研究》（臺南：國立成功大學，2004 年）。

范勝雄、陳柏森、黃斌、傅朝卿，《舊建築新生命：從臺南州廳到國立臺灣文學館》（臺南：國立臺灣文學館，2011 年）。

黃貴光，口述歷史訪談（文資中心籌備處與臺文館時期），國立臺灣文學館策劃、採訪，2022 年。

開館那一天

——國家級文學館的整備歷程

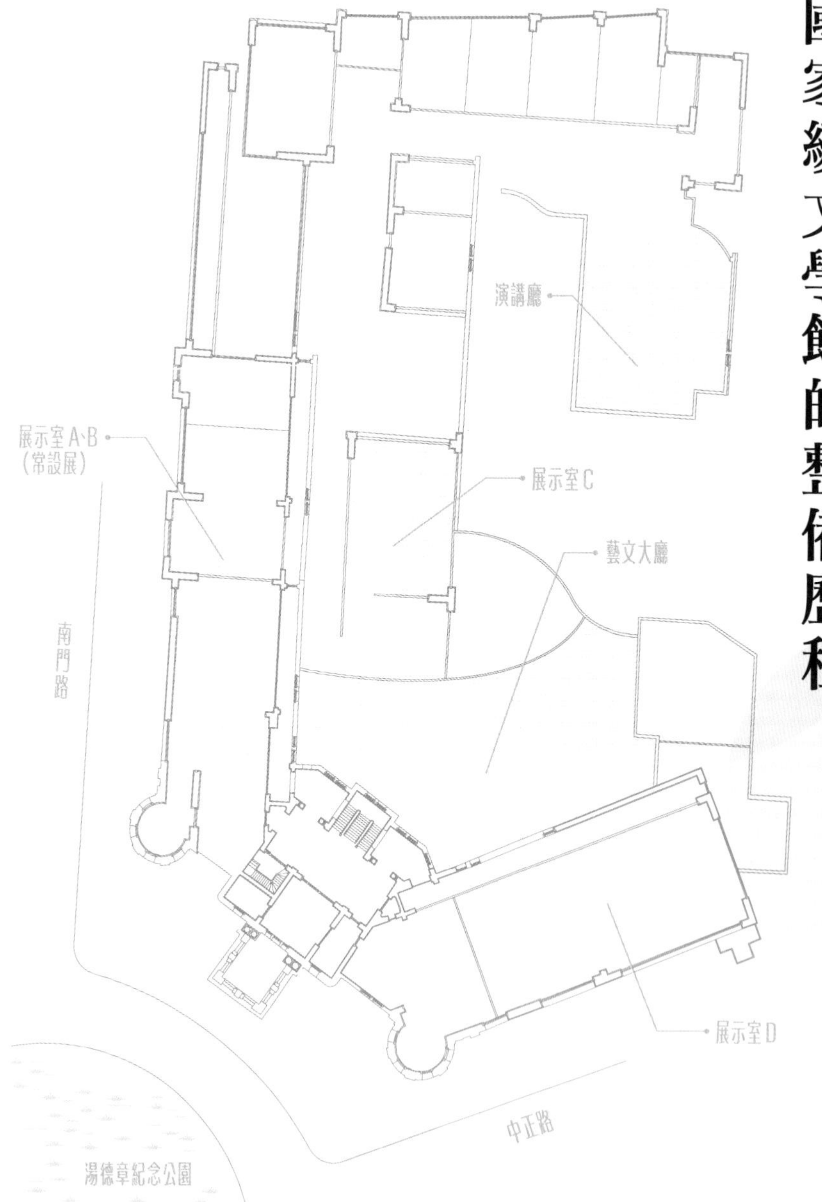

一　樓

跟文學無關的氣味

多年後，陳昌明想起臺灣文學館開館的日子——二〇〇三年十月十七日，最先自腦部甦醒的，是那天的氣味，跟文學一點也無關的氣味。

正確來說，是混雜施工木材味與化學揮發物的怪味。

那天，經歷多年的籌備、整修、擴建，臺灣文學館正式迎客。然而，館內尚有許多空間未完工，部分角落仍在施作，為了遮掩工地特有、竄鼻的氣味，陳昌明特意在館內噴了香水。是欲蓋彌彰，還是真的有效呢？他看著館方人員朝著空蕩蕩的地方噴香水時，不禁思忖。但已經沒有時間了，只要能做的都必須做，他立刻轉想。

略顯突兀的混雜味道，才是開館當天兵馬倥傯的記憶。是感官先於記憶，還是那一天實在太混亂記不得發生了什麼，他也無從分辨起了。只記得館長林瑞明忙著接待客人，而他自己上下張羅各項雜務，只求館內空間看起來「整齊」一點，典禮流程不要出錯。他一下見著了落單的貴賓，得寒暄招呼幾句；一下又得巡視場館內部，深怕哪裡出現破綻。

例如新舊館內交界的採光天窗。

不知為何，作為引進自然光線讓不同時期建築看來勻稱對等的天窗，接縫處遇雨時總會漏水，前後找了好幾個抓漏專家，始終找不著原因。總不能在下面放水桶吧？想到大紅大綠的水桶擺在開館當天的地板上，陳昌明便感到一陣暈眩。也或許，是因為他在尚在施工的館內工作，眼睛也被工地化學物質熏到時而刺痛。

2003 年 10 月 17 日，國家臺灣文學館在臺南誕生。（李文雄攝影‧提供）

一開始，臺灣文學館其實是朝向法人化推動，冠上「國家」兩字。（林柏樑攝影）

還好今天是晴天。開館那天，陳昌明起床第一件事就是望向窗外確認天氣。

今天會是漫長的一天，但漫長的，何止今天。他想起自己當初從成功大學借調到臺文館擔任副館長，負責開館前的行政工作，包括經費怎樣管理、人事如何運作、要成立哪些組別和組織，甚至建築發包也由他管，壓力大到每天都在掉頭髮。

壓力之所以如山，是臺灣文學館作為公部門第一個成立的國家級文學館，備受矚目。夜半時，他常常跟館長林瑞明聊天，分享彼此對臺灣文學館的期待與定位：這樣一個以臺灣文學為名的場館，在過去的年代裡是不可能

其後以中央四級機構設置，正式定名為「國立臺灣文學館」。（林韋言攝影）

發生的，也因為完全是從無到有，必須從頭摸索自己的定位。

路寬了，文學進來了

作為「國立臺灣文學館」的定位到底是什麼？

先不談臺灣文學，光是「國立」兩個字就讓人掙扎思考許久。一開始，臺灣文學館前面冠的其實是「國家」兩個字——也就是朝向法人化發展。為此館長與他研究法人化的利弊，發現若真的成為法人組織，勢必會面對經費籌措問題。然而，冠上國立之名、成為公部門，雖有政府財政支援，但又將面臨立法院的經費審查。

在彼時政治氛圍之下，一切充滿未知。

陳昌明想到當初跟館長去拜訪文建會副主委吳密察討論法人化與否，結果差點吵了起來，不歡而散。還好後來吳密察副主委又獻了一策：先讓臺灣文學館以四級單位通過，之後再升三級單位，就可避免直接面對立法院或其他行政體制上的未知挑戰。

解決了行政問題，還有臺灣文學自身的難題。館長與他曾多次討論要怎麼定位臺灣文學。陳昌明想起在好幾個挑燈的夜裡，薰風自施工木架的間隙襲來，他們最終也得出了結論：

在這座臺灣文學館裡，將沒有政治的藩籬。雖然是以臺灣作為主體的文學館，但對於要收進來的資料、文學，將沒有省籍，沒有黨派，甚至沒有國籍。如果一個日本人曾住過臺灣，或寫過臺灣，都要把他當作臺灣文學。不只是日本人，包括荷蘭人、西班牙人，只要是跟臺灣有連結、有認同，居住過這個地方、寫過關於臺灣的文字，都是臺灣文學。

路要開得寬，文學才進得來；文學多了，大家才會認同這座文學館，臺灣文學館才真正地竣工。如此打開道路，是讓工作繼續幹下去的動力之一，但在跟館長閒聊的時候，他有時也會開玩笑說自己是被他騙進來當副館長的。

除了這番對臺灣文學的大志向、大氣魄，偶爾的人世際遇，也讓他感到這份工作的價值。例如呂興昌老師帶著他到高雄找日治時期詩人郭水潭的資料，遇到他的後代，對方完全不知道自己的父親是文學家，淚流滿面地問道：「我的爸爸真的這麼偉大嗎？」

一座名為國立臺灣文學館的建築，正是為了讓人記得這樣的時刻，文學偉大的時刻。儘管眼下，他在意的是會不會漏水，還有施工的混雜氣味究竟會不會嚇跑賓客們這種小事。

等待真正竣工的那一天

開館那天，他一抵達現場，立刻忙進忙出。當天稍晚發生了什麼，已難從混亂的記憶裡提取。他記得的，還有小朋友的笑聲，這種同氣味一樣跟文學沒啥關係的東西。笑聲來自館內的兒童文學書房，一個有志工講故事給小朋友的地方。這是他特地跟館長爭取設立的。

為什麼堂堂臺灣文學館要設一個兒童文學書房呢？學齡前的小朋友讀什麼文學？當時也不是沒受到這樣的質疑。然而陳昌明認為有這樣一個地方，家長才會帶著小朋友來，更多人會因著很多人在這裡就跟著進來；跟著進來，他們可能就會參觀其他展覽，再跟著更認識臺灣文學，最後明白臺灣文學館在做什麼。

除了設立兒童文學書房作為文學館招徠民眾的特色，另一點就是館內編制分成研究組、典藏組、展示組、公共服務組等，一方面朝向專業研究，另一方面要讓文學親近民眾，讓民眾進到館內，了解臺灣文學到底是什麼；未來不管他們喜歡的是哪一位作家，只要讀進去、接觸到了，就會有一條道路，那條道路將無形地通向臺灣文學館。

館內當年的特色之一便是設置在一樓的兒童書房，為學齡前的小朋友打開文學之窗，招徠更多民眾親近文學。如今則搬遷至地下一樓，成為更開闊的「文學樂園」（左頁）。（國立臺灣文學館提供）

文學樂園
Literary Wonderland

臺灣文學館的開館日正是「臺灣文化協會」成立的 10 月 17 日，別具意義。（國立臺灣文學館提供）

伴隨臺灣文學館開館所舉辦的文資入厝典禮。（國立臺灣文學館提供）

還是他跟館長聊天時說的那句，路要開得寬，文學才進得來；文學多了，大家才會認同這座文學館，臺灣文學館才真正竣工。

那天入夜後，大大小小儀式終於結束。館長與他走到了前廊的觀禮臺——這裡曾是臺灣總督伊澤多喜男站著跟大家揮手的地方，然而他們眼前只有靜謐的臺南。民宅燈火，車聲，行人，如水夜風。

此刻，這座觀禮臺是無人知曉的角落，收納著文學的侍者。這是他關於二〇〇三年十月十七日的最後一個記憶。隔天，他背後這座文學館，將重新開啟又關閉，反反覆覆二十年，直到一個他想像不到或者他未必在的時間軸。那時開館當天噴灑的香水氣味分子已然消散，但文學始終煥新，來自一位侍者曾經的小小的奉獻。

參考資料

范勝雄、陳柏森、黃斌、傅朝卿，《舊建築新生命：從臺南州廳到國立臺灣文學館》（臺南：國立臺灣文學館，2011 年）。

陳昌明，口述歷史訪談（文資中心籌備處與臺文館時期），國立臺灣文學館策劃、採訪，2022 年。

喚醒是六千個日子

——一位圖書室館員的見證

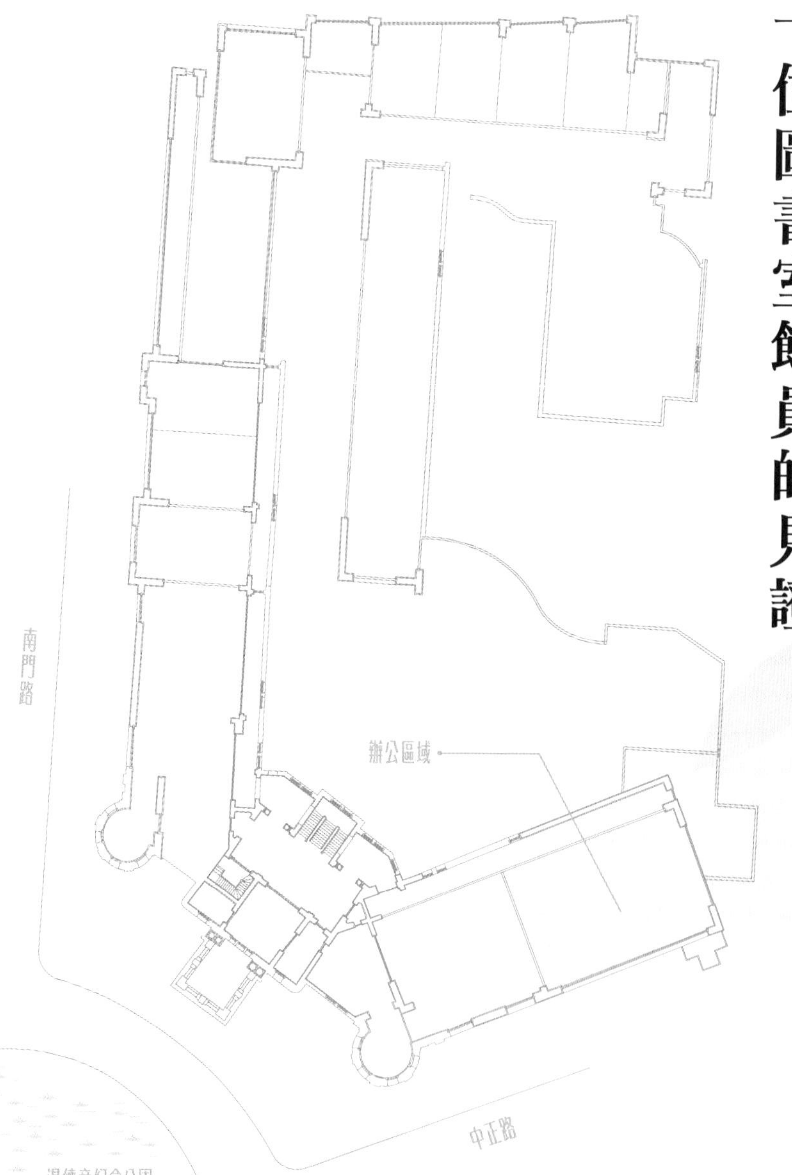

二樓

丁千惠不曾想過，每天早上八點多騎著機車，從家出發，前往臺灣文學館上班的天氣。

可能是豔陽的一日，可能下著雨，但不重要。因為連綿的日子被堆疊成類似的模糊的形狀。是晴是雨，對丁千惠來說，連同早餐吃了什麼一併被掃入腦中一個很少提取的區域——只有當人問起她臺南某月份的天氣，她才會深入該區域，試著回想：我那時騎車上班常穿雨衣嗎？

她從孔廟那側車道進入文學館停車場，停妥車，拎著早餐，搭上了電梯，打完卡，經過二樓展場到辦公室。坐定後，一面吃早餐一面打開圖書管理系統，看看今天有沒有讀者提閱需要處理。接著，她可能收信，可能進入採購系統，確認圖書室的編目工作進度、資料庫系統有沒有問題。

十二點到了，她熱起提袋裡的便當，吃完休息完繼續工作。再依循上午的步驟，逐一確認提閱需求、採購系統，還有編目進度。五點半到了，她再循一樣的路線離開。如此循環，反反覆覆。這便是過去二十年、六千個工作日，丁千惠在臺灣文學館工作的一日。

她不曾想過，當年為了逃離故鄉而選讀輔大圖資系的自己，如果二〇〇二年沒有回到臺南，沒有進入彼時尚在籌備階段的文資中心，擔任文學組助理，待臺文館開館後再進入館內工作，她的人生會是如何？

其實，丁千惠不是不曾想過。只是念頭轉瞬即逝，像剎那而起的雞皮疙瘩，比較類似於感官反應而不是念頭。這疙瘩般的想法稍稍浮現，是在她打開電腦，收到來自德國國家圖書館館員的回信之時——丁千惠負責館內出版品，有時需要把這些書寄給遠方的圖書館收藏。對方告訴她，他會到臺灣一趟，屆時也會到臺南參觀，或許可見上一面。

親切的暖意，流過丁千惠心頭。不過是業務來往的對象，竟有點像遠方的朋友呢。同時她想著，如果自己在國外生活工作，會是如何？

（或許，沒了這份穩當的工作，人生稍微顛簸些？）

（或許，會變得更刺激一點？）

不過在她敲好鍵盤回完信之後，以上想法便將散去。

州廳曾經擦肩而過

丁千惠不曾想過，自己見證了身處的這座建築重生的命運。高中時的她，很少跟朋友來到孔廟附近，這裡對當地高中生而言，不過是這座城市眾多而相似的舊建築，如赤嵌樓、安平古堡般，都是遊客去的——她們習慣的是到中正路逛街，努力把百無聊賴的少女生活過得精彩一點。況且，一九九七年臺南市政府撤出後，舊州廳便閒置下來，甚至顯得有些荒蕪。彼時她，甚至不知道州廳曾是州廳，之後還曾是空軍供應司令部。偶

1998 年 2 月 27 日，民生綠園正式改名為湯德章紀念公園，並設置湯德章塑像以茲紀念。（林韋言攝影）

爾想起州廳這座建築，她腦中連結對應的名詞是「舊臺南市府」，以及，二二八事件時，爺爺曾在前方的圓環目睹有人被處決。

歷史離少女是遙遠的。

少女丁千惠不曾想過，有一天，她會進駐這座空廢的建築物，她會想起島上逝去、被壓抑的種種記憶。有一天，歷史將欺身於她。

那是轉入臺文館工作，經歷倥傯的開館日之後——開館當天，有些展開始了，有些展還在準備，但多數文物還在箱裡，所以她忙著一箱一箱拆找、盤點。回想起開館那天，忙碌得像是一場風暴，她跟人數不多的同仁拚命抵住身子，待風暴過去。

從兒玉源太郎壽像、孫文銅像到如今的「迎風之舞」，圓環的變遷正象徵著這座城市的歷史縮影。（林韋言攝影）

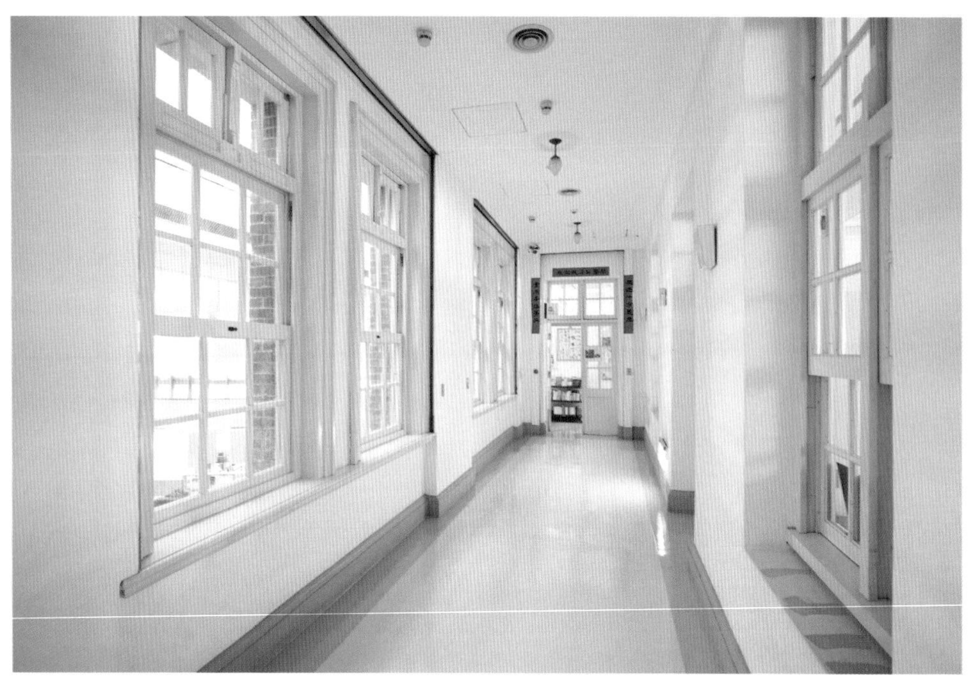

二樓走廊的盡頭在舊市府時期曾是禮堂，如今則是館員辦公的空間。（林韋言攝影）

辦公室的一側過往正是禮堂舞臺的位置，從天井依稀可看出當年的設計。（林韋言攝影）

喚醒丁千惠的，最初，是一檔舊照片展覽——向大眾徵求而來的舊照片。州廳在裡頭，顯得如此不同。看見這些照片，丁千惠才知道這座於她不過是辦公室的地方，竟然有過那樣的時期。她開始想像那時這裡有點熱鬧，吵雜，或許，還有些混亂。

再之後，是丁千惠看見一位常常到訪圖書室的男子。據說是為了寫小說在做研究呢，同事跟她說。過了一陣子，據說是那人寫的小說出版了，出於對他研究的小小窺探，也出於書名居然跟一本日本雜誌同名的好奇，她買了一本來讀。書裡，那人用了十篇故事側寫臺灣文學史上的人事，從黃靈芝到聶華苓再到王禎和、柯旗化。

好像在看什麼遙遠地方的故事。這是丁千惠最初的閱讀印象。然而，隨著越讀越多，再上網查資料，以及到圖書室翻找那人書裡提到的《桑青與桃紅》、《玫瑰玫瑰我愛你》、《原鄉人》，甚至是《黃靈芝小說選》。丁千惠驚訝地發現，這些並不是什麼遙遠的故事，而是發生在這座島上的過往。比方說，她竟然不知道小時候讀過的《新英文法》來自一位政治犯受難者。高中老師為什麼不曾跟她們說呢？或者，連他們自己都不知道這件事，丁千惠心想。比方說，更小一點，她讀過的《漢聲小百科》原來也是為了遮掩並建構另一套歷史的讀物。可是裡頭的插畫還有主人翁是這樣地可愛。

位於地下二樓的密集書庫與庫房。（林韋言攝影）

除了報刊雜誌，還有各式各樣藏品都收納在這座臺灣文學研究的寶庫。（林韋言攝影）

「然而真實並非不變動的。這些真實的事物將會隨著時光消磨殆盡，直到成為虛構的一部分。」

丁千惠讀到了書裡寫的這句話。心頭小小的地震。這座島的真實，出於種種原因，也成為了虛構。那一天她感到自己有些不同了。不是說外表上的，畢竟每天見到的同事依然有的待她熱情、有的行禮如儀，不覺得她哪裡不一樣，而是在內心深處她知道自己再也不是那個從前「不曾想過臺灣是如此這般」的丁千惠了。

例如舊的過去的她，以為所謂的文學始於戰後，始於以前課本教的那些作家。不曾想過原來日治時期就有人寫作，不曾想過臺灣人也寫過古典詩，不曾想過自己每天上班的地方就封存了她本該知道的記憶——難怪寫這本書的男子要天天來，丁千惠想。

同時，她感到一絲愧疚。對於這塊土地，自己居然知道得這麼少。

新的丁千惠發現故鄉也變得不一樣了。準確來說，是她看待故鄉那些舊古蹟的方式不一樣了。她會徹頭徹尾查一遍那些地方的歷史，曾經作為何用，如今如何保存或再利用。她驚喜地發現，一旦知道一個地方、一座建築的過往，那個地方或建築在心底就將有不同的分量。沉甸甸的，像久懷的心事，也像需要珍存的寶物。

不只丁千惠，連故鄉都好像新了起來。這令她想起爺爺說的圓環歷史。如果沒有人記得這裡的故事，沒有人試著訴說，一切都將不為人知，直至消磨殆盡。

現在，還有一件事丁千惠不曾想過——

她既是圖書室館員，也是一位分心的讀者。她每天上下班進進出出，都在閱讀並且走過這座建築物的一磚一瓦，新與舊的空間。她的閱讀不僅透過視覺，更利用動感與觸覺；她的閱讀是渙散也是持久的，久到了忘了自己在閱讀。

她的閱讀最專心致志的時刻，是她身處地下室二樓密集書庫。那是她最喜歡的地方，因為非圖書組人員無法進入，所以多半無人。偶爾，她來這拿取提閱的書之後，會多停留一下。她想像拿著這本書的自己在喚醒這座島——把這本書連同書中的知識、關於島的種種交給外面的人。

取完書，今天又是丁千惠尋常上班的一日，如同過去六千個日子，也如同這六千個日子，這座建築正慢慢喚醒這座島上人們的記憶。她與它，無聲且虔誠，在這六千個日子。

參考資料

黃崇凱，《文藝春秋》（新北：衛城出版社，2017 年）。

丁千惠，口述訪談（文資中心籌備處與臺文館時期），國立臺灣文學館策劃，翟翺採訪，2024 年。

我努力扮演著文學使者的角色，倏忽二十年。

結束上個世紀「臺南市政府」的使命後，歷經了幾番周折，二〇〇三年十月十七日，是我被賦予新生的日子。我在這一天成為「國家臺灣文學館」，又在二〇〇七年三月正式定名為「國立臺灣文學館」。

曾經，文學於我何其遙遠，如今又何其切近，幾乎成為我呼吸的一部分。對這座島上的人們來說或許也是這樣吧，一直存在著卻不一定被認識，於是才有了我的角色——把人們帶進來，將文學推出去。這些年來我始終如一，但願能不負所託，也希望未來有更多人透過我，認識臺灣文學，認識孕育臺灣文學的這塊土地。

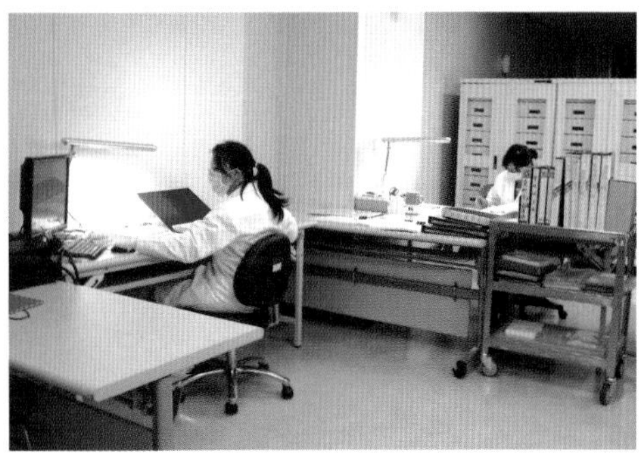

臺文館 20 年來持續發揮教育、推廣、研究、典藏、展覽與資訊等功能。（國立臺灣文學館提供）

百年建築
今昔物語

終章

張浥雯

臺南的天空常常是湛藍的。晴朗的日子裡，我最喜歡伸伸懶腰，看陽光穿越鳳凰樹葉的縫隙，灑在我的牆壁上。往更遠處望，車輛魚貫進入圓環，而後又被彈到不同的道路上，日夜川流。

我在這裡站成了一個超過百年的風景，見證了府城今昔、時代的殘忍與美麗。最早在日治時期，我作為意氣風發的「臺南州廳」誕生，在都市改正計畫時成為市區的中心，進出的人皆是國家重要的文官，一九二三年甚至還見過裕仁太子呢！

然而不久後，我在二戰砲火下幾近全毀，臺南大空襲讓我從氣派的建築瞬間變成破垣殘壁。戰後，原先的主人突然全數離開，換一批說著不同語言的人進駐，他們說自己是翱翔天際的空軍，我則變成「空軍供應司令部」。

不過不到二十年，空軍離開，又換了一批公務員進來，他們說從今以後，這裡便是「臺南市政府」了，我又回到最早作為地方行政單位的時候。其後隨著時代變遷，局處越來越多，他們便搬遷至安平，進入位置更大的新市政府。

二〇〇三年，我迎來了「臺灣文學館」的名稱與責任，搖身成為文學博物館。這可是我出生來，首次被當作博物館空間使用，心裡其實有點忐忑。不過以年資而言，我自認還算適合作為古蹟博物館。

館內的文學展覽與活動蓬勃，每天有不少民眾到訪，寒暑假更有很多小孩子喧騰。我很開心能陪伴他們度過半天或幾個小時，也期盼他們能多留意我的建築本體，從舊牆面感受我作為多朝元老的歷史。

當然，如同一些長輩喜歡提當年勇，我也常想起許多過去的獨家回憶，比如說和風格各異的臺文館館長們相處，與他們共事的時光總是有趣而閃閃發亮，到現在我都還記得他們每一位那或激昂、或沉潛的姿態，以及駐足館內的身影。

仔細數來，從二〇〇三年的林瑞明館長，到吳麗珠、吳密察兩位代理主任，再到二〇〇七年就任的鄭邦鎮館長，以及接任的李瑞騰館長、翁誌聰館長、陳益源館長、廖振富館長、蘇碩斌館長、林巾力館長，直到現任的陳瑩芳館長，至今我已經歷了整整十一位館長。像這樣回顧起歷任館長，就像是悠長的繞口令一般，若要再加上舊市府時期、空供部時期、甚至州廳時期的「長官」，那可真是族繁不及備載。

這麼多優秀的人物參與、打造了我的歷史，其中，有兩位館長的任期長達四年，與他們近身相處這麼長的時間，多少讓我攢了些談資，因此我就來說一說和他們之間的故事吧。

✧ ✧ ✧

閉上眼睛，時間倒轉回到二〇一〇年前後，李瑞騰館長在任時。

早上八點，李館長在側門和警衛寒暄幾句後，踏著輕快的腳步入館。因住所近南門路，李館長第一年多由後棟進來上班。

後棟一部分的空間隸屬於文化部文資局文資中心，民眾比較少造訪。不過，當年「府城講壇」開張後，每到演講舉辦時，演講廳外聽眾大排長龍，當然又另當別論了。

上班前，李館長偶爾會在大廳待一下，獨享尚未開館、空無一人的空曠寧靜。這時的大廳還沒有賣店跟服務檯，只有供民眾休憩的桌椅。挑高的屋宇開闊如穹頂，光影在地板上留下幾何線條，我和李館長彼此靜默無語，當下只有自己的心領神會，在上班前的這一小段時間，或許是一個微小的「魔幻時刻」。

館內一年到頭要辦許多活動，而重中之重就是我的門面——「常設展」的策劃。畢竟，它是多數第一次造訪的朋友們會最先踏入參觀的展廳，我也很喜歡在此觀察他們看展的表情或討論。

當時，逢第一次常設展的替換，看著館內上下認真以待，我心裡既感謝也期待。李瑞騰館長時常跑來展廳，思考空間利用的新創意。其後他大刀闊斧地改變空間配置，原先的五個展廳，留下前三個作為常設展用，兩個則布置為特展空間、每半年換展一次。這樣一來，除了增加展廳的使用效率，也可與常設展共構出不一樣的延伸變化。

忙完一陣後，我望著李館長從常設展的出口走出館內，他站在大廳通往後棟的紅磚廊道，旁邊有一排常設展的旗幟比次懸掛。

如果仔細看，你會發現這裡同時是館內新舊建築的接面，若你從大廳往後棟方向走，會進入「左舊右新」的時空隧道：左側是古蹟紅磚構成的拱門廊道，右邊是新式的混凝土建築。李館長喜歡旗幟與露出的舊磚面共構出的美麗景深，而這裡確實也是遊客喜愛拍照的位置。

人潮在我腹內聚散，無論從上遠望，或座落一角、放眼全館格局，都有不同的愜意可享。可惜的是，前來參觀的朋友們大多只能在一樓走跳，二樓除了捐贈展廳外，其他兩側都是館員工作的祕密基地——行政辦公室。

如果要開箱閒人止步的辦公區，哪裡會是首選呢？曾聽李館長跟人閒聊，提到他想要開放二樓左右兩翼、走道最底的人事室與外譯中心供民眾參觀。這裡叫作「衛塔」，如胡椒罐一樣的圓筒形空間，你可以想作是我的肩膀，一個像關節一樣扣連前棟與左右兩翼的地方，內部有個特殊的轉角空間，對外可眺望街景，非常特別。

時間不早了，李館長走上二樓館長室。他從窗戶往外望向「後花園」，正是位於後方的好鄰居「重慶寺」前的小庭園，那裡總有一棵長不好的鳳凰木，花葉稀疏，似乎是他常在心底打招呼的對象。

雖然枝頭略為光禿，但反倒因此令人印象深刻，尤其公務疲累的時候望著這位芳鄰，想必可以感受永遠在此地的踏實與安心。我不確定鳳凰木的歲數與狀態，但深信他如我一樣，也會為了有人惦記而萬分珍惜。

臺南少雨，但一下就是傾盆大雨。望著新舊建築接面漏水的蘇碩斌館長，正煩惱著又該通報處理了，這一修不知道何時才能完工。

作為一名年事頗高的耆老，歷經了好幾次地震、颱風等天災的威脅，我的健康狀況雖然尚可，但畢竟身為國定古蹟，只要一牽涉到在我身體上動刀的事務，都需要按法規提報，不能擅自處理。通常，文資處會派專人前來會勘，仔細察看我的病症，再想方設法開立處方。

蘇館長走回館內到二樓，從茶水間拿著剛泡好的酸香黑咖啡。他從空橋往下望，這裡剛好能看到大廳人流聚散，亦可以稍微窺探各展廳的人流熱度，這是他獨享個人時光的地方。

老家就在臺南的蘇館長，於二〇一八年回到家鄉，在他記憶中當年的「市政府」建築內任職。而過去父母稱為「石像」的圓環，經過民生綠園的名稱演變，現在已然是湯德章紀念公園了。

蘇館長介紹我的時候，像重新幫我做一張身分證：我所在的時空，其實別具意義。空間所在的位置——當年的「幸町」，位處西區舊城的漢人居住區與東北方的日人區中間的核心地帶，最適合作為行政中樞。而我誕生的一九一六年，恰好是臺灣人由武裝抗日轉移為文化抗日的接縫點，是臺灣文化從傳統跨到現代的一年。

我的建築本體特色，相信大家都不算太陌生，而蘇館長雖然常向人提起我外觀與內裡的其他玄機，倒是比較少提起舊建築裡的「貓道」與「露臺」的設計。這兩處目前都未開放自由參觀，卻是蘇館長認為頗有潛力的有趣之地。

「貓道」即屋頂上狹窄的高空維修棧道，雖窄但能容人行走。貓道設計在同時期的建築其實並不少見，像隔壁鄰居府前路上的「國定古蹟臺南地方法院」也有，後來採每日限額開放民眾參觀。在貓道上居高臨下，除了可俯瞰館內，也可以近觀屋頂等結構設計，是一般參觀博物館「腳踏實地」絕不會有的體驗。

再來是「露臺」，還記得林志玲小姐當年在南美館一館辦理婚宴，會後走出二樓的露臺向眾人致意嗎？沒錯，我的大門正上方，也有相同的外推平臺，對內則連結著二樓常設展的展廳。

雖然考量公共安全與管理上的困難，目前並沒有開放予一般民眾，但我能想像，大家直接走出來感受風與日光的樣子。近處能看到圓環車流，遠處可以沿中山路看到大小的建築群，或許也能因此更認識臺南一點。

回來說說我的內部吧，蘇館長大刀闊斧改變了一些物事。對於這些變動我總是充滿期待，當空間接引了不同身分的人群、擴大了邊界，總讓我覺得自己常保年輕，能繼續乘載一代人對於文學、文化的想像。

例如原先一樓的兒童文學書房，搬遷至地下一樓的圖書微卷室，搖身成為坪數更大的「文學樂園」；一樓的空間則作為「文學沙龍」，成為小型的演講或展覽空間。

蘇碩斌館長在任時，常設展換了第二次。展廳規劃特別將原本博物館預設的 White

box——也就是一個全密閉，由室內統一調節燈光、溫度的空間——改為讓參觀者能透過窗戶看到牆外南門路街景與道路，使得展區和外在環境有所連結，而不只是被關在密閉的空間。我也樂見在維持觀展品質的狀態下，讓到訪的人們可以更認識我周遭的街區。

談到街區，蘇館長任內曾與周遭的古蹟博物館群——如孔廟、葉石濤紀念館、南美館，共同實施了「路燈計畫」，即改善周邊的照明，讓遊客在傍晚、深夜都能增加行走的安全。而臺南市政府規劃於正門口放置的聖誕樹，曾是不少臺南人每到年末的共同回憶，雖然近年市府規劃遷至他處，但我的正門改放置了相關的閃亮裝置藝術，歲末年終繼續陪伴大家，吸引不少人特地來拍照，我也相當開心。

✧ ✧ ✧

雖與館長們共事的時間非常愉快，一旦他們的任期結束，我們緊密相處的時間就會告終。不過他們偶爾到臺南時，仍會走進來拜訪我這個南國好友，見證我不老的心。館內總有些什麼是他們離開後才新增的，每一次我都有嶄新的面貌能敞開給這些知心舊友，他們也在某些不變的角落，想起很久以前在這裡的點滴時光。

我的身世和城市的歷史早就難以分割，州廳、空供部、市政府、臺文館。歷史雲煙裡，我從政治的核心成為文化中樞，從地方層級的館舍到國家級博物館，當年在空襲中九死一生，未被擊倒的我，現在作為一座國家的博物館，感到很幸福。

熙來攘往的人群來了又走，縱使多少會感到孤單。但我願意牢牢銘記這些物事回憶，輪到下一個百年，再說給有興趣的人聽。

解說

擁有每個世代專屬面貌的記憶集合

凌宗魁
建築文資工作者

本世紀初我就讀大學建築系時，必修的中國建築史課堂上，二十世紀前後的「近代」，是一個在學期末課程接近尾聲時被草率帶過的時期，只有在選修和研究所的專題課程有機會深入一窺堂奧。近年臺灣主體意識日漸上升，這些和當代生活與生命故事緊密相關的建築空間，或許在系所內更為受到重視了吧？社會大眾也有更多機會認識這些建築的時代背景和風貌的塑造者，許多以往以訛傳訛的穿鑿附會，也逐漸浮現更清晰的輪廓。

比方最常聽到的說法，認為日本時代的臺灣是建築師的「實驗場」，好像許多在日本本土無法實踐的建築理念與風格形式，因為臺灣是殖民地，遠離「思想保守的內地社會」，就可以讓「大多留學歐美」的年輕建築師有更為大膽、任意發揮的舞臺；也聽過反面的敘述角度，認為在臺灣的建築相較於日本本土只是不入流的次級品，甚至較之東亞其他區域和城市的作品，缺乏文化和藝術的價值。

這些論述其實有許多與歷史事實不符之處，比方說「大多留學歐美」。把學生送出國的開銷大，成果回收卻難以掌握，明治維新初期，日本歷經岩倉使節團將學生帶出國留學的經驗，卻發現不知道多久才能誕生一位學成歸國的人才，持續送學生至歐美學習各種專業知識並不符合效益。後來政府採用將各國專業人士大量聘請到日本的「御雇外國人」制度，開設校系、建立和歐美學院相同的專業課程，在國內校系奠定人才培育體系，使學生專業養成的素質和人數更為穩定，從思考方式到技術培養，都要把日本學生訓練到與歐美學生不相上下，才能穩定滿足新政府各領域的人才使用需求。

以建築專業人士的養成背景而言，留學生人數佔總體比例其實很少，絕大部分是在完成國內建築教育的專業訓練後，任公職或於民間公司工作時，在有明確考察目的的前提下，再派駐歐美各國精進。如任職臺灣總督府期間，森山松之助曾至歐美考察建築構造及設備、近藤十郎曾至南洋和美國考察醫療建築等，從檔案史料可以看到他們派任出國中請經費的公文，以及回臺在相關刊物發表的考察結果。

至於「年輕建築家在日本無法發揮，所以來臺灣蓋房子」，或者「日本內地建築品質高於殖民地」，也都是沒有根據的推論。依據學者西澤泰彥的研究，戰前在臺灣、朝鮮及滿洲發展的建築家，各自有不同的生涯際遇，無法也沒有必要一概而論，許多人在日本和外地也都留下了作品。這些說法的形成，都帶有曲解並特殊化臺灣經驗、刻意與日本區隔的目的。其實對專業人士而言，無論在日本或臺灣，都只是希望能實現自己的職涯理想，而無論在內地或者殖民地，甚至日本本土的不同地區，也都會因為每個地方自然和人文環境條件的獨特脈絡，產生各自特殊風貌的建築作品。

臺灣總督府官方營繕組織編制與成員，有技師、技手、雇、囑託等不同職稱。技師、技手為編制內人員，技師為高等官，須經文官高等試驗委員會任用，課長原則上由高等官最上位的技師出任。技手為判任官，由用人單位向臺灣總督提出申請任命。編制外人員「雇」則為臨時聘用，許多人員先以雇的名義應聘，再升任技手，而由技手升遷技師約佔總員額七成，確保管理階層也有充足的實務經驗。囑託同樣為臨時人員，但給薪彈性較大，也較能吸引高階優秀人才，如森山松之助最初就是以囑託身分應聘，月薪兩百圓，和當時三級俸下賜的技師營繕課長野村一郎相同。皇族建築家松崎萬長則始終都是囑託，沒有轉任正式人員。

在一個建案工程中，技師擔任監督的角色，技手則在技師的指導下進行製圖、細部設計和現場監造。營繕課人員初期大多畢業自東京帝國大學建築科，有些技師從臺灣離任後，轉任其他營繕單位累積公職資歷，如小野木孝治去滿洲、野村一郎去朝鮮，也有如森山松之助和近藤十郎，回到日本民間業界自行開設事務所。

臺灣在日本時代最具影響力的建築家森山松之助，留下了許多經典的作品，包括大家熟悉的總統府和臺北賓館，重新規劃為博物館開放而便於親近的臺北自來水博物館、北投溫泉博物館、臺灣博物館鐵道部園區和臺南司法博物館，以及作為餐廳的臺北陸軍聯誼廳等。而年代相近的臺中、臺北和臺南這三座地方行政廳舍，持續使用至今，雖然機能改變，但仍能從基地配置和建築風格，看見建設時的時代背景與設計需求。

一九〇九年，佐久間左馬太擔任臺灣總督，將臺灣行政區劃分為十二廳，一九一二年逐次動工興建的三座廳舍，都是由時任臺灣總督府營繕課技師的森山松之助設計，規模較其他地方廳舍更為氣派宏偉，並且與都市計畫配合，皆將大門配置於道路的路口，創造視覺向兩側延伸的透視效果，其中臺北廳和臺中廳位於十字路口，臺南廳位於七叉路口的圓環旁。

一九二〇年，田健治郎總督再次調整行政區劃，進入州制時期，這三座氣派的廳舍也改名為州廳。三座主管地方各事務的行政廳舍，都採用歷史主義古典風格，最顯著的特色是運用來自法國第二帝政時代流行的馬薩式屋頂，可將此種屋頂造型視為三座廳舍共同的風格主題，這種屋頂也運用在森山松之助負責改造的臺灣總督官邸，象徵這三座廳舍是總督權力在地方行政的延伸。

這三座廳舍因為規模龐大，需跨年度、持續性編列工程預算，所以在建造時的順序，都是先完成正門主棟，再陸續向兩側擴建，可以快速達到在城市中樹立治理地標的功能。除了馬薩式屋頂，突顯主入口的「衛塔」也是三廳舍設計的共同手法，臺南廳因配置於圓環旁，平面呈現鈍角向兩側延伸扇形開展，兩座圓柱狀的衛塔距離較遠，相較於臺北和臺中更加具有開闊氣勢。三廳舍也都可以看到西洋建築區分表裡的設計原則，朝向一般民眾可見到的外部，會採用較多洗石子模仿厚重且成本較高的石材，而朝向內部的部分，則大多是直接外露清水磚砌的表情。區分建築內外表情是西洋建築設計原則之一，也展現像森山松之助這樣受過完整學院教育訓練的建築家，對於掌握西洋建築設計原則的純熟度。

這三座廳舍以臺南廳的立面設計最為精彩。一樓門廊以兩根方角柱、六根圓柱和四根壁柱，共四組十二根托次坎式柱構成車寄，隆重氣派，為三廳舍之冠。正立面二樓以四根愛奧尼克式柱撐起包覆拱心石和半圓窗的破山牆，近年修復的馬薩式屋頂與臺中廳的直線不同，轉折以弧形線條處理。不同於臺北廳以牆體為主、臺中廳兩層樓表情分隔清楚，臺南廳立面的托次坎式壁柱，立於一樓厚實基座之上的牆體中段，並且向上直抵二樓馬薩式屋頂下，將一樓洗石子、二樓磚砌，表面材質不同的上下兩層樓，密切結合成一個整體。在西方建築史上，運用此種手法最著名的案例，是米開朗基羅在羅馬卡比托利歐廣場建築群的市政廳。

戰後的臺南州廳，歷經空襲造成的毀損，採用較為簡易的方式修復屋頂便繼續使用，呈現兩個時代顯著的差異。這是歷經戰火摧殘的建築常見的修復方式，也遭受到空襲的臺灣總督府、臺北州立臺北第一中學校（今建國中學）、臺灣土木建築協會等，至今都保留受到空襲後與原貌不同的外觀。而建築在漫長歲月裡改變風貌的案例也很常見，臺南州知事官邸在一九三〇年代簡化原有繁複浮雕的山牆，改為簡易的三角楣；臺南地方法院原有地標塔樓，也在一九七〇年因考量構造安全遭拆除；熱蘭遮堡與赤崁樓更是在不同時代增增減減、將跨越時代的歷史零件融合而成的樣貌，那麼臺南州廳應該採取怎樣的修復策略呢？

一九九七年，南市府從舊州廳遷移後，廳舍指定為市定古蹟並移交文建會。在具有文化資產身分的前提下，最後決定以新時代的材料和工法，重建已經消失的馬薩式屋頂和衛塔圓頂，但立面破山牆內原有勳章飾則未復原，選擇呈現某些見證歷史的痕跡。二〇〇三年，在外觀大致恢復舊貌的情形之下，臺南州廳再被升格為國定古蹟，這在臺灣文化資產修復的經驗中，是相當具有指標性的代表案例，綜合考量了文化資產的真實性、美感教育角色，和可辨別不同時期的構造與工法等因素，同時賦予臺南州廳專屬這個時代共同記憶的樣貌，也成為未來每個面臨討論該如何復原的文化資產，在選擇時會被不斷提起的案例。

近年森山松之助設計的建築作品，包括鐵道部、臺中州廳和臺南地方法院，皆已在歷經詳細調查和史料考證後，出版專書將精彩的建築身世介紹給世人。而乘載臺南人不同時代深刻記憶的臺南州廳，終於也有了一本集結優秀作者接力講述、屬於自己的生命故事書，時間跨度從興建初始，到歷經不同時代的辦公機能，最後成為面向世人開放的公共館舍，見證只要建築還在，就能訴說在同一塊土地上生活的人們跨越時間的情感聯繫。期待尚未進行整修的總督府專賣局也能加緊腳步，跟上其他森山松之助的在臺作品，早日妥善修復，迎接世人的讚嘆。

作者簡介

張文薰

彰化員林人。臺灣大學中文系畢業，日本東京大學人文社會系研究科博士。現任臺灣大學臺灣文學研究所副教授兼所長。研究日治時期臺灣文學、臺灣文學史；主要以比較文學、空間論述為方法框架，關注東亞文化交涉、文學學科體制建構與創作意識等主題。從事日本近現代文學譯介工作，熱愛夏目漱石、谷崎潤一郎的文學世界。

陳令洋

一九九一年生於臺北，清大臺文所碩士。現就讀於臺大臺文所博士班，同時是雜誌編輯。研究關注臺灣傳統文人及文化，碩士論文為《殖民地書法家的多重跨越：曹秋圃的書業經營與思想探析》。曾為紀錄片導演傅榆口述傳記《我的青春，在台灣》採訪撰文，並合著有二二八非虛構寫作《1947之後：二二八（非）日常備忘錄》、《一百年前，我們的冒險：臺灣日語世代的文學跨界故事》。

曾彥晏

臺師大臺文所碩士，負笈日本數年。跑過大選新聞，做過白恐口訪，看過政治檔案，玩過IP轉譯。創作、評論與譯作散見Openbook閱讀誌、國家人權博物館、國家電影與視聽文化中心、國立臺灣文學館、《鹽分地帶文學》、《臺灣出版與閱讀》、《幼獅文藝》等。

翟翱

一九八七年生，花蓮人。曾任報社編輯、《幼獅文藝》主編，現任職科技媒體。合著有《一百年前，我們的冒險：臺灣日語世代的文學跨界故事》、繪本《1+1+1》。

張浥雯

一九九四年生，臺南人。臺大臺文所碩士。碩士論文《「縣市文學」之誕生：臺灣1990年代以降地方文學的位置與意義》曾獲國立臺灣文學館二〇二〇年臺灣文學傑出博碩士論文獎。

從臺南（州）廳到臺灣文學館

建成時期

✧ 一九〇一　明治三十四年

臺灣總督府公布修改地方官制，全島分為二十廳，臺南縣改設臺南廳。

✧ 一九〇八　明治四十一年

臺灣縱貫鐵路全線通車。

✧ 一九〇九　明治四十二年

公布第五次變更地方行政區域，設臺北、宜蘭、桃園、新竹、臺中、南投、嘉義、臺南、阿猴、臺東、花蓮、澎湖計十二廳。

一九一〇 明治四十三年

✧ 2月22日臺南廳長松本茂俊以「臺南庶發第四一〇號」公文上陳總督府，請建新臺南廳舍。該案擬建廳舍於清代臺灣府署庭園鴻指園（今衛民街）舊址，最後由原屬臺灣銀行宿舍的第二候補地雀屏中選，成為新廳舍的所在地。

✧ 廢止街庄社制，新設區，改街庄長為區長。

一九一一 明治四十四年

✧ 嘉義、臺南、阿猴三廳於臺南聯合舉辦「南部物產共進會」。

✧ 臺南推行市區改正。

一九一二 大正元年

✧ 臺南地方法院落成。

✧ 臺南公館落成。

一九一三 大正二年

✧ 10月11日臺南廳舍舉行上棟式（上梁典禮）。

✧ 臺灣總督府臺南中學校創立（今臺南二中）。

臺南（州）廳時期

一九一六　大正五年

◇臺南廳舍落成。5月20日廳辦公室自原清朝臺灣兵備道署位址（今永福國小）搬遷至新廳舍。

一九一八　大正七年

◇臺南廳舍兩翼開始增建。

◇臺南孔子廟重修落成。

一九一九　大正八年

◇森山松之助修改設計的臺灣總督府（今總統府）落成。

一九二〇　大正九年

◇9月全臺地方官制大變革，原臺南廳改制為臺南州，原廳長枝德二轉任第一任州知事。改制同時，臺南州下轄的地方單位亦改為十一市，新成立的臺南市役所即設於州廳建築物臨幸町（今南門路）側。

◇臺南州廳再度增建。

一九二三　大正十二年

臺南公館改隸臺南市役所，更名為「臺南市公會堂」。

一九三〇　昭和五年

臺南市役所遷出臺南州廳，搬至原清朝臺灣兵備道署位址。

臺灣文化三百年紀念會開幕，在臺南舉辦文化資料展覽會。

嘉南大圳完工，灌溉今雲林、嘉義及臺南三縣計九十公里，工程規模全臺第一。

一九三一　昭和六年

臺南警察署（今臺南市美術館一館）落成。

一九三三　昭和八年

臺南州廳內部整修，計四〇九〇日圓。

一九三四　昭和九年

臺南州廳內部整修，計八一六・七三日圓。

一九三六　昭和十一年

臺南驛（今臺南火車站）改建完工。

一九三九　昭和十四年

✧ 臺南州廳內部整修，計二八二三・一二日圓。

一九四一　昭和十六年

✧ 臺南皇民奉公會成立，總督府設本部，州廳設支部，市郡設支會，街庄設分會。

一九四五　昭和二十年

✧ 2、3月盟軍飛機空襲臺南市，投擲燒夷彈，州廳受損嚴重。

✧ 8月15日，日本天皇發布終止戰爭詔書。

✧ 11月臺南州接管委員會成立，韓聯和為主任委員。

空軍供應司令部時期

一九四六　民國三十五年

✧ 臺南州廳戰後之初荒廢數年。

✧ 臺南市訂定為省轄市。

一九四七　民國三十六年

✧ 二二八事件。處理委員湯德章律師在民生綠園（今湯德章紀念公園）受難。

一九四九　民國三十八年

✧ 空軍供應司令部移設臺南，第三辦公處利用原臺南州廳辦公，屋頂破損漏水嚴重，10月招標興工，整修完竣後該部進駐使用。

一九五〇　民國三十九年

✧ 第一屆民選市長選舉。

✧ 臺灣行政區域重劃，由日治時期的八縣十一市改為十六縣五市。

一九六一　民國五十年

✧ 12月空軍供應司令部整修房舍，進行屋架防蟻工程，同時拆除臨中正路一翼末端的室內木造樓梯，臨市議會側新建室外樓梯。

一九六三　民國五十二年

✧ 延平郡王祠重建。

一九六五　民國五十四年

✧ 臺南市民族文物館（原臺灣史料館）遷肂於延平郡王祠旁的民族文物館。

臺南市政府時期

一九六九　民國五十八年

✧ 4月5日空軍供應司令部遷至臺南縣仁德鄉之新址，4月7日司令陳御風將軍移交原臺南州廳予臺南市長林錫山，並開始整修。9月30日臺南市政府正式遷入原州廳辦公。

一九八一　民國七十年

✧ 臺南市各區界重新劃分。

一九八五　民國七十四年

✧ 臺南市文化基金會成立。

一九八七　民國七十六年

✧ 3月成功大學建築系於臺南市政府廳舍檢測報告中指出，廳舍非危樓，但若不整修安全堪慮。

✧ 臺南市議會審過市政中心遷往第五期重劃區，原址變更用途重行規劃再議。

一九八九　民國七十八年

◇ 中正路「五棧樓仔」（原林百貨）年久失修，落石碎片危及人車，受文化資產保護者之重視。

一九九〇　民國七十九年

◇ 7月舉行「臺南市現有市政大樓之未來規劃座談會」，與會者多贊成保存並規劃為博物館區。

◇ 新市政大樓開始動工興建，位於安平區之第五期重劃區內。

◇ 地震造成赤嵌樓及祀典武廟受損。

◇ 臺南地方法院擬拆除重建，多位成功大學教授發起請願並邀請市議員參與免拆聲明。

一九九一　民國八十年

◇ 內政部將臺南地方法院列為國家二級古蹟。

一九九二　民國八十一年

◇ 12月臺南市政府函行政院文化建設委員會，同意提供原臺南州廳作為籌設「現代文學資料館」使用。

◇ 行政院文化建設委員會評選興建「現代文學資料館」館舍，市政府期能爭取臺南地方法院現址為建館地點。

一九九四　民國八十三年

✧ 行政院核定將「現代文學館」、「視聽藝術資料館」、「文化資產保存研究中心」三館合併為「文化資產保存研究中心」。

✧ 安平延平老街拆遷事件。

✧ 赤嵌樓修建完成。

✧ 祀典武廟整修完成。

一九九五　民國八十四年

✧ 2月18日行政院函覆文化建設委員會同意籌設「國立文化資產保存研究中心」。

文資中心籌備處與臺文館時期

一九九七　民國八十六年

✧ 8月原規劃之「現代文學館」併為文化資產保存研究中心籌備處的「文學史料組」。

✧ 文學界發起文物捐贈運動，龍瑛宗率先捐贈收藏之文物。

✧ 10月10日臺南市政府自原臺南州廳遷至新址。

✧ 11月16日舉行文資中心啟動典禮，正式啟動鑽探維修工程。

一九九八　民國八十七年

✧ 3月26日臺南市議會審查通過「設置國立文化資產保存研究中心基地無償使用合約書草案」。

✧ 5月8日及20日臺南市政府二度召開古蹟審查會，原臺南州廳登錄為市定級古蹟，並確認其古蹟涵蓋範圍。

✧ 5月22日臺南市長張燦鍙與國立文化資產保存研究中心籌備處主任林金悔，代表雙方簽訂「基地無償使用合約書」，原臺南州廳正式移交。

✧ 11月行政院文建會因文學界的呼籲，獨立提升文化資產保存研究中心的「文學史料組」為「國家文學館」，並於原臺南州廳基址上籌設兩個單位。

一九九九　民國八十八年

✧ 原臺南州廳整建工程開始。

✧ 1月立法院審查完成將「國家臺灣文學館」定名為「國立臺灣文學館」。

✧ 孔廟文化園區工程動工。

✧ 發生九二一大地震。

二〇〇二　民國九十一年

✧ 8月行政院通過將「國立臺灣文學館」更名為「國家臺灣文學館」。

✧ 12月原臺南州廳整建之硬體工程完工。

二〇〇三　民國九十二年

✧ 10月17日「國家臺灣文學館」正式開館營運，林瑞明教授擔任館長。

✧ 11月10日「原臺南州廳」經內政部公告指定為國定古蹟。

二〇〇四　民國九十三年

✧ 4月因立法程序未完成，「國家臺灣文學館」再度更改為「國家臺灣文學館籌備處」。

二〇〇五　民國九十四年

✧ 2月「舊建築與新生命」、「臺灣文學的發展」兩項常設展開展。

✧ 9月吳麗珠女士擔任國家臺灣文學館籌備處代理主任。

二〇〇七　民國九十六年

✧ 3月吳密察教授接任國家臺灣文學館籌備處代理主任。

✧ 8月「國家臺灣文學館籌備處」奉核改制為「國立臺灣文學館」，隸屬行政院文化建設委員會。鄭邦鎮教授擔任館長。

二〇一〇　民國九十九年

✧ 2月李瑞騰教授接任館長。

✧ 12月臺南縣市合併。

二〇一一　民國一〇〇年

◇ 響應五一八國際博物館日，臺南開始每年舉辦「臺南市博物館日」活動。

◇ 10月22日「臺灣文學的內在世界」常設展及「臺南文學」特展開幕。

二〇一二　民國一〇一年

◇ 5月25日「乘著文學的翅膀——旅行臺灣文學特展」開展。

◇ 6月15日「臺灣文學外譯中心」揭牌及「臺灣現代詩外譯展」開幕。

◇ 6月23日舉辦「榴紅詩會在府城·二〇一二臺灣詩歌節」。

◇ 6月29日「我的華麗島——西川滿與臺灣文學特展」開展。

◇ 7月15日「『情采飛揚』——臺灣文學行動博物館西部巡迴展」開幕。

◇ 10月9日「鼓動的世紀——諾貝爾文學獎得主鈞特·葛拉斯特展」開幕。

◇ 10月17日「我們一同走走看——姚一葦捐贈展」開展。

◇ 11月23日「流轉書頁生典律——臺灣文學出版特展」開幕。

◇ 12月8日臺灣文學獎金典獎贈獎典禮。

二〇一三　民國一〇二年

◇ 1月25日「仙洲·戰地·曙光——金門馬祖文學特展」開幕。

◇ 3月1日「臺灣文學外譯圖書全國巡迴書展」開展。

◇ 5月2日目宿媒體股份有限公司齊怡導演等人來館拍攝「他們在島嶼寫作——文學大師林文月紀錄電影」。

✧ 5月17日「男孩、女孩和花——趙雲．王家誠捐贈展」開展。
✧ 6月6日「食衣住行文學特展」開展。
✧ 7月31日「定根與散葉——臺灣文學系所特展」開展。
✧ 8月6日「戰後臺灣古典詩特展」開幕。
✧ 9月28日於國際會議廳舉辦「第十屆臺灣文學研究生研討會」。
✧ 10月9日「永是有情人——琦君捐贈展」開展。
✧ 10月17日國立臺灣文學館十週年。
✧ 12月7日臺灣文學獎金典獎贈獎典禮。

二〇一四 民國一〇三年

✧ 1月27日翁誌聰先生接任館長。
✧ 4月15日「小說的冶金者——朱西甯捐贈展」開展。
✧ 5月23日「文學與歌謠特展」開展。
✧ 6月27日「臺灣報導文學特展」開展。
✧ 9月23日「看見五彩的春光——王昶雄捐贈展」開展。
✧ 10月19日於國際會議廳舉辦「臺灣文學青年論壇（臺南場）」。
✧ 12月6日臺灣文學獎贈獎典禮。
✧ 12月18日「從甲午戰爭到乙未割臺文學特展」開幕。
✧ 12月20日「第三屆臺南文化獎」頒獎典禮。

二〇一五　民國一〇四年

✧ 1月23日「山海地土的靈魂——勞農文學特展」開展。

✧ 2月3日「臺灣島上的女人樹——杜潘芳格捐贈展」開展。

✧ 7月8日「笠之風華——創社五十週年《笠》特展」開展。

✧ 7月14日「不為人知的幸福——龍瑛宗捐贈展」開展。

✧ 7月22日「再現天人菊——澎湖文學特展」開展。

✧ 7月31日陳益源教授接任館長。

✧ 8月18日「講咱 ê 故事——白話・字・文學特展」開展。

✧ 12月5日臺灣文學獎贈獎典禮。

二〇一六　民國一〇五年

✧ 1月8日「歌詩傳奇——歌仔冊捐贈展」開展。

✧ 2月5日「交會時互放的光亮——臺日交流文學特展」開展。

✧ 2月16日至21日「在同一個屋簷下寫作——臺灣的『文學家庭』們特展」開展。

✧ 4月22日「純真童心——兒童文學資深作家與作品展」開展。

✧ 6月4日於國際會議廳辦理臺日「文學與歌謠」國際學術研討會。

✧ 7月15日「瀛海的巨濤——吳瀛濤捐贈展」開展。

✧ 8月1日蕭淑貞副館長暫代館長。

✧ 8月6日「日曜日式散步者——超現實主義詩社主題展」開展。

✧ 9月1日廖振富教授接任館長。

✧ 10月20日「航向浩瀚——臺灣海洋文學特展」開展。

✧ 10月22日舉辦第十三屆世界詩人大會（WCP）開幕式。

✧ 12月10日臺灣文學獎贈獎典禮。

二〇一七　民國一〇六年

✧ 2月25日「一吼定江山——周定山捐贈展」開展。

✧ 4月7日「綠色之夢——當代臺灣自然書寫特展」開展。

✧ 4月7日「描繪美國——美國文學行旅特展」開展。

✧ 5月26日「真相只有一個?!推理文學在臺灣特展」開展。

✧ 6月15日「蕉風．雨林．跨境書寫——臺灣與東南亞文學展」開展。

✧ 9月19日「看見臺灣，閱讀大地——臺灣文學的土地脈動主題展」開展。

✧ 9月27日「臺灣意象．文學先行——李魁賢捐贈展」開展。

✧ 12月9日臺灣文學獎贈獎典禮。

✧ 12月20日「擴增文學．數位百工特展」開展。

二〇一八　民國一〇七年

✧ 3月28日「魔幻鯤島，妖鬼奇譚——臺灣鬼怪文學特展」開幕。

✧ 5月18日「原來如此——原住民族文學轉型正義特展」開展。

✧ 5月24日「詩情潭水深千尺——郭水潭捐贈展」開展。

✧ 8月蕭淑貞副館長暫代館長。

10月1日蘇碩斌教授接任館長。

10月3日發表文學品牌「拾藏：臺灣文學物語」，以「藏品文章都是文學商品的提案書」為概念，作為商品開發方向，開啟品牌更加多元的想像。

10月16日「她說：漂泊與定根——文協九八主題書展」開展。

11月17日至12月2日舉辦「臺灣文化日影展」，主題為「複音×再歌啟蒙思想」。

12月8日臺灣文學獎贈獎典禮。

12月21日「山巔水湄，歌詩島嶼之南——屏東現代詩展」開展。

12月25日立法院三讀通過《國家語言發展法》。

二〇一九 民國一〇八年

2月12日「二〇一九年臺北國際書展——臺灣文學主題展」開展。

2月12日「熠熠閃耀的文學星空下——臺灣文學獎特展」開展。

2月24日「千瘡白恐之後——二二八及其後主題書展」開展。

3月29日「逆旅一九四九——臺灣戰後移民文學展」開幕。

4月11日「安妮與阿嬤相遇——看見女孩的力量（在臺南）特展」開展。

4月19日「穀早食代——農村文學特展」開展。

7月5日「妖氣都市——鬼怪文學與當代藝術特展」開展。

7月26日「詩永不滅——林亨泰捐贈展」開展。

9月27日「娘惹浮生——二十世紀初期臺灣古典文學南洋旅行記特展」開展。

10月26日舉行第二十三屆「臺灣文學家牛津獎暨李敏勇文學學術研討會」。

✧ 11月2日舉行「協作時代／Writing Style——臺灣長篇小說跨領域論壇」。

✧ 11月12日臺灣文學獎贈獎典禮。

二〇二〇　民國一〇九年

✧ 1月17日「追憶我城——香港文學年華特展」開幕。

✧ 2月27日「小露台・大觀園——韓良露捐贈展」開展。

✧ 4月3日「百年之遇——佐藤春夫一九二〇臺灣旅行文學展」開展。

✧ 7月24日至25日舉行「從《全臺詩》到全臺詩」國際學術研討會。

✧ 8月27日「不服來戰——臺灣文學論爭特展」開展。

✧ 8月29日臺灣文學獎創作獎贈獎典禮。

✧ 9月18日「府城春秋——舊臺南市政治記憶文史展」開幕。

✧ 9月26日「噤聲的密室——白恐文學讀心術」文學行動展開展。

✧ 10月17日至18日舉行「臺灣文學學會年度學術研討會」。

✧ 11月7日「文學力——書寫LÂN臺灣」主題常設展開展。

✧ 11月14日臺灣文學獎金典獎贈獎典禮。

✧ 11月14日臺灣文學基地舉辦揭牌儀式。

✧ 11月26日「樂寓毫端——臺灣文學的毛筆時代捐贈展」開展。

二〇二一　民國一一〇年

✧ 1月18日臺灣文學基地開幕典禮。

- 2月2日「臺灣世界記憶國家名錄——白話字文獻主題書展」開展。
- 2月6日「斯藏寶貝——斯洛伐克兒童文學主題書展」開幕。
- 4月1日「可讀・性——臺灣性別文學變裝特展」開幕。
- 5月8日「百年情書・文協百年特展」開展。
- 5月11日立法院三讀通過《國立臺灣文學館組織法》。
- 7月27日「洶湧的溫柔——臺灣大河小說捐贈展」開展。
- 7月31日臺灣文學獎創作獎贈獎典禮。
- 9月25日舉行「文學未來式——當代文學博物館發展論壇」。
- 10月17日國立臺灣文學館正式升級為三級機構。
- 10月17日臺灣文化協會創立一百週年暨臺文館十八週年館慶。
- 11月3日舉行國立臺灣文學館升格揭牌典禮。
- 11月13日臺灣文學獎金典獎贈獎典禮。

二〇二二　民國一一一年

- 5月18日「時間的弧線——臺灣歷史事件文學主題捐贈展」開展。
- 6月8日「成為人以外的——臺灣動物文學特展」開展。
- 7月22日「江湖有字在——臺灣人文出版史特展」開展。
- 7月30日臺灣文學獎創作獎贈獎典禮。
- 10月林巾力教授接任館長。
- 11月12日臺灣文學獎金典獎贈獎典禮。

◇ 12月16日「我在這裡成為一個被動的字戶外特展」開幕。

◇ 12月24日「你了解我的明白——原住民族文學捐贈展」開展。

二〇二三 民國一一二年

◇ 1月11日與關島大學簽署合作備忘錄。

◇ 2月6日與捷克哈維爾圖書館線上簽署合作備忘錄。

◇ 3月18日中正路更名為湯德章大道。

◇ 5月26日於臺灣文學基地辦理賴和文物捐贈感謝儀式記者會。

◇ 6月28日「文壇封鎖中——臺灣文學禁書展」特展開幕。

◇ 7月20日與荷蘭萊頓大學圖書館簽署合作備忘錄。

◇ 7月24日「航向世界——臺灣文學主題展」於英國蘇格蘭說故事中心開幕。

◇ 8月5日臺灣文學獎創作獎贈獎典禮。

◇ 8月5日數位遊戲腳本徵選贈獎典禮。

◇ 8月30日與臺南市政府文化局簽署合作備忘錄。

◇ 10月16日與捷克文學館簽署合作備忘錄。

◇ 10月17日「國立臺灣文學館」開館二十週年，並推出「文學暢秋日」市集品牌。

◇ 10月18日「奔向自由——臺灣文學主題特展」於斯洛伐克考門斯基大學哲學院開幕。

◇ 10月26日「奔向自由——臺灣文學主題特展」於捷克國家文學館開幕。

◇ 11月29日「自由之島——臺灣文學主題特展」於德國特里爾市立學術圖書館開幕。

◇ 12月1日「群星閃耀——美國及臺灣現代主義文學特展」開幕。

✧ 12月臺灣文學基地「巡味・行筆——東門市場的多重文本特展」開展。

二〇二四 民國一一三年

✧ 5月與西班牙巴塞隆納自治大學簽署合作備忘錄，及與法國在臺協會簽署合作協議書。

✧ 3月13日湯德章紀念活動暨二二八不義遺址示範紀念牌揭牌。

✧ 臺南建城四百週年。

✧ 7月12日臺灣文學基地「海馬打點滴——你有所不知的文學療癒」開展。

✧ 7月31日陳瑩芳女士接任館長。

✧ 8月3日首辦「綻放——臺南四〇〇時尚秀」，將「祝福臺南」明信片穿上身。

✧ 8月3日臺灣文學獎創作獎贈獎典禮。

✧ 8月26日至9月1日首度參展臺灣文博會，展現文學如何「轉」入日常。

✧ 8月27日「心繫臺灣——王育德文物捐贈展」開幕。

✧ 9月14日臺灣文學基地「遇見卡夫卡 Kafka in Taiwan——卡夫卡逝世一百週年紀念特展」開展。

✧ 10月17日「力的多重宇宙——臺灣運動文學特展」開展。

百年建築・今昔物語
國立臺灣文學館的空間記憶與生命紀事

策　　劃 —— 國立臺灣文學館
監　　製 —— 陳瑩芳
編輯顧問 —— 張文薰
審　　訂 —— 凌宗魁
作　　者 —— 張文薰、陳令洋、曾彥晏、翟翱、張浥雯
計畫執行 —— 趙慶華
主　　編 —— 林蔚儒
美術設計 —— 吳郁嫻

指導單位 —— 文化部
出版單位 —— 國立臺灣文學館
地　　址 — 700 臺南市中西區中正路 1 號
電　　話 — (06) 221-7201
傳　　真 — (06) 222-6115
網　　址 — https://www.nmtl.gov.tw/

這邊出版／遠足文化事業股份有限公司
發　　行 — 遠足文化事業股份有限公司（讀書共和國出版集團）
地　　址 — 231 新北市新店區民權路 108-2 號 9 樓
電　　話 — (02) 2218-1417
傳　　真 — (02) 2218-8057
郵撥帳號 — 19504465
客服專線 — 0800-221-029
客服信箱 — service@bookrep.com.tw
網　　址 — https://www.bookrep.com.tw
法律顧問 — 華洋法律事務所　蘇文生律師
印　　製 —— 呈靖彩藝有限公司
定　　價 —— 新臺幣 460 元
I S B N —— 9786269858019（紙本）
9786269858026（EPUB）
9786269858033（PDF）
G P N —— 1011301458

初版一刷　2024 年 11 月
Printed in Taiwan

百年建築．今昔物語：國立臺灣文學館的空間記憶與生命紀事｜張文薰，陳令洋，曾彥晏，翟翱，張浥雯著｜初版｜新北市｜這邊出版，遠足文化事業股份有限公司，2024.11｜272 面；17×23 公分｜ISBN 978-626-98580-1-9（平裝）｜1.CST: 國立臺灣文學館 2.CST: 建築史 3.CST: 建築藝術｜863.068｜113012504